Sarah Morgan

Vida de sombras

HARLEQUIN™

Editado por HARLEQUIN IBÉRICA, S.A.
Núñez de Balboa, 56
28001 Madrid

I.S.B.N.: 978-84-687-3581-8
Depósito legal: M-21989-2013
Editor responsable: Luis Pugni
Fotomecánica: M.T. Color & Diseño, S.L. Las Rozas (Madrid)
Impresión en Black print CPI (Barcelona)
Fecha impresion para Argentina: 7.4.14
Distribuidor exclusivo para España: LOGISTA
Distribuidor para México: CODIPLYRSA
Distribuidores para Argentina: interior, BERTRAN, S.A.C. Vélez
Sársfield, 1950. Cap. Fed./ Buenos Aires y Gran Buenos Aires,
VACCARO SÁNCHEZ y Cía, S.A.

Capítulo 1

NADIE va a dejarte dinero, Selene. Temen demasiado a tu padre.

—No todo el mundo —Selene se sentó en la cama y acarició el cabello de su madre, siempre tan bien cortado para mantener las apariencias—. Deja de preocuparte. Pienso sacarte de aquí.

Su madre se quedó inmóvil. Ambas sabían que cuando hablaban de «aquí» se referían a «él».

—Debería ser yo quien dijera eso. Debería haberme ido hace años. Cuando conocí a tu padre era encantador. Todas las mujeres estaban prendadas de él, pero sus ojos no se apartaban de mí. ¿Te imaginas lo que sentí?

Selene fue a decirle que no, que ella solo recordaba sentirse atrapada en aquella isla, pero se lo calló.

—Claro que sí. Era rico y poderoso —ella no cometería ese error. El amor nunca la cegaría hasta el punto de no darse cuenta de cómo era el hombre que se ocultaba bajo la superficie.

—No sé por qué hablamos de irnos cuando sabemos que nunca lo permitirá. De cara al mundo somos una familia perfecta, y no consentirá que esa imagen se rompa —su madre se giró de lado a la pared.

Selene resopló, frustrada. Era como ver a alguien alejarse en una balsa sin hacer el menor esfuerzo por alcanzar la orilla.

–No vamos a pedirle permiso. Quizá haya llegado el momento de que el mundo sepa que no somos una familia perfecta.

La apatía de su madre no la pillaba por sorpresa. Su padre regía sus vidas y las controlaba desde hacía tanto que había perdido toda esperanza. A pesar del calor y de que en la fortaleza en la que residían no había aire acondicionado, Selene sintió que la recorría un escalofrío.

¿Cuánto tiempo era necesario para que alguien perdiera el deseo de luchar? ¿Cuántos años antes de perder la esperanza, antes de darse por vencido? ¿Cuándo también ella se volvería hacia la pared en lugar de ponerse en pie?

Más allá de las contraventanas que filtraban la luz, el sol arrancaba destellos al mar Mediterráneo, creando un resplandor que contrastaba dramáticamente con la oscuridad del dormitorio.

Para muchos, las islas griegas eran un paraíso, y quizá alguna lo fuera. Selene solo conocía una, Antaxos, y no tenía nada de paradisíaca. Separada de sus vecinas por una brazo de mar violento y rocoso, y dirigida por un hombre temido, su reputación la acercaba más al Infierno que al Cielo.

Selene cubrió los hombros de su madre con la sábana y dijo:

–Deja que yo me ocupe.

El comentario insufló una nueva energía en su madre.

–No lo enfades.

Selene llevaba toda la vida oyendo esas palabras y andando de puntillas para no enfadar a su padre.

–No tienes por qué vivir así, controlando todo lo que haces y lo que dices.

Selene sentía lástima al mirar a su madre y pensar en lo hermosa que había sido: una belleza nórdica de la que se había encaprichado el playboy millonario Stavros Antaxos. Este la había embelesado con poder y riqueza, y se había derretido como la cera sometida al fuego, impidiéndole ver a la persona que se ocultaba bajo un barniz de sofisticación. Con ello, había tomado una decisión equivocada y su vida y su alma habían quedado aplastadas por un hombre sin compasión.

—No hablemos de él. He recibido un correo esta semana del Hot Spa de Atenas —llevaba días guardándose la noticia—. ¿Recuerdas que te dije que era una cadena muy exclusiva y que tienen hoteles spa en Creta, Corfú y Santorini? Les he mandado muestras de mis velas y jabones y les han entusiasmado. Las han usado en sus tratamientos y varios clientes han insistido en comprarlas por un dineral. Ahora quieren hacerme un pedido. Es mi gran oportunidad

Estaba tan emocionada con la noticia que la reacción de su madre la decepcionó.

—Tu padre nunca dejará que lo hagas.

—No tengo por qué pedirle permiso para vivir mi vida como quiera.

—¿Y cómo vas a hacerlo? Necesitas dinero para montar el negocio y él no te lo dará.

—Lo sé. Por eso tengo un plan alternativo —a pesar de que Selene estaba acostumbrada a hablar solo después de asegurarse de que nadie la escuchaba, miró hacia la puerta, que ella misma había cerrado, aun sabiendo que él ni siquiera estaba en la isla—. Voy a irme esta misma noche. No podré llamarte en varios días y no quiero que te preocupes por mí. Todo el mundo creerá que me he ido a pasar una de mis semanas de reclusión y meditación en el convento.

–¿Cómo vas a hacerlo? El servicio de seguridad te lo impedirá. Le avisará.

–Una de las ventajas de ser la hija aislada y tímida de un hombre temido es que nadie esperará verme. Pero aun así, tengo un disfraz.

Su madre la miró aterrorizada.

–¿Y si no llegas al continente, qué harás?

Selene lo tenía todo planeado, pero no pensaba compartir su plan ni siquiera con su madre.

–Tranquila, lo he pensado todo. Confía en mí y volveré a recogerte. Por ahora, debes quedarte para mantener las apariencias y no despertar sospechas. En cuanto tenga el dinero volveré por ti.

Su madre le asió el brazo con fuerza.

–Si consigues huir no vuelvas. Para mí, es demasiado tarde.

–No hables así –Selene la abrazó–. Volveré y las dos nos iremos juntas.

–Ojalá pudiera darte yo el dinero que necesitas.

Selene pensaba lo mismo. Si su madre hubiera mantenido la independencia, no se encontrarían en aquella situación. Pero la primera y más sagaz maniobra de su padre fue asegurarse de que su mujer no tuviera ingresos propios. Al principio, su madre lo había tomado como una prueba de amor. Solo más tarde, se dio cuenta de que no quería tanto cuidar de ella como controlarla.

–Tengo suficiente como para llegar a Atenas. Allí solicitaré un préstamo para montar el negocio.

–Tu padre tiene contactos. Ningún banco te dejará dinero, Selene.

–Lo sé. Por eso mismo no pienso acudir a un banco.

Su madre sacudió la cabeza.

—¿Quién va a ser capaz de enfrentarse a tu padre? Nadie.

—Te equivocas. Hay un hombre que no lo teme —dijo Selene, sintiendo que el corazón se le aceleraba.

—¿Quién?

—Stefanos Ziakas —dijo Selene, fingiendo una indiferencia que no sentía.

Su madre palideció.

—Ziakas es igual que tu padre: egoísta y cruel. No te dejes engañar por su carisma y su atractivo. Es peligroso.

—No es verdad. Lo conocí hace años, en aquella fiesta que dio en un yate y en la que interpretamos nuestro papel de familia ideal. Fue muy amable conmigo —dijo Selene, ruborizándose.

—Lo fue para irritar a tu padre. Se odian mutuamente.

—Cuando habló conmigo no sabía quién era.

—Eras la única chica de diecisiete años de la fiesta, y no dudes que sabía quién eras —dijo su madre, intranquila—. Si no, por qué crees que te dedicó tanto tiempo cuando estaba acompañado de la actriz Anouk Blaire.

—Me dijo que era una aburrida, que solo estaba con él para potenciar su carrera y que solo se preocupaba por su aspecto. Dijo que yo era mucho más interesante, y charlamos toda la noche.

Selene recordaba haberle contado cosas sobre sus sueños y sus proyectos de futuro que no había compartido con nadie, y él la había tomado en serio. Hasta el punto de que cuando le preguntó si la creía capaz de tener un negocio propio, él le había dicho algo que no había olvidado: «Puedes hacer lo que te propongas si lo deseas de verdad».

Y ese momento había llegado.

Su madre suspiró.

—La niña y el millonario. ¿Y por esa conversación crees que te ayudará?

«Vuelve en cinco años, Selene Antaxos, y hablaremos».

Selene había querido hacer más que hablar con él. Intuía que se daba cuenta de que su vida era una gran mentira, y había sentido una mayor complicidad con él que con ninguna otra persona en el mundo. Era la primera vez que alguien la escuchaba, y desde entonces, siempre que necesitaba consuelo, pensaba en lo que él le había dicho.

—Seguro que me ayuda.

—Temo que más que ayudarte, te haga daño. No tienes experiencia con hombres como él. Tú te mereces a alguien amable y bondadoso.

—No es eso lo que necesito en este momento. Necesito a alguien con valor para enfrentarse a mi padre. Quiero montar mi propio negocio y Ziakas sabrá orientarme. A él nadie lo ayudó y antes de cumplir treinta años era millonario.

Selene encontraba inspiración en la historia de Ziakas. Si él lo había conseguido, ¿por qué no podía lograrlo ella?

Sacando energía de la angustia, su madre se incorporó.

—¿De verdad crees que puedes acudir a Ziakas y pedirle dinero? Aunque consiguieras escapar de la isla, no accederá a verte.

—Estoy convencida de que te equivocas. Y sé cómo salir de la isla —Selene no quería revelar su plan, ni dejar que su madre debilitara su confianza en sí misma, así que se puso en pie–. Volveré mañana. Tengo tiempo de sobra antes de que mi padre vuelva de... De su viaje.

Así era como se referían a las ausencias de su padre, aunque él no se esforzaba lo más mínimo por ocultar sus infidelidades.

No quería pensar en qué haría si su madre, como en otras ocasiones, se negaba a marcharse. Solo sabía que quería escapar de la cárcel que Antaxos representaba, y los acontecimientos de la semana previa la habían confirmado en su postura.

Se inclinó para besar a su madre.

–Sueña con tu nueva vida. Podrás reír de nuevo, volverás a pintar y tus cuadros volverán a venderse.

–Llevo años sin pintar. Ya no tengo el impulso.

–Porque te han quitado las ganas de vivir, pero la recuperarás.

–¿Y si tu padre vuelve antes de lo esperado y descubre que te has ido?

Selene sintió que se asomaba a un abismo y que necesitaba un punto de apoyo.

–Eso no va a suceder –dijo con determinación.

Stefan puso los pies sobre el escritorio.

Atenas, la ciudad en crisis a la que el mundo observaba con asombrada inquietud, despertaba en torno al edificio de sus oficinas centrales. La gente lo animaba a trasladar su negocio a otra ciudad: Nueva York o Londres, a cualquier sitio con tal de que dejara atrás la traumatizada capital de Grecia. Pero Stefan hacía oídos sordos.

No estaba dispuesto a abandonar el lugar que le había permitido llegar a ser quien era. Él sabía lo que significaba perderlo todo, pasar de la prosperidad a la pobreza. Conocía el miedo y la inseguridad, y cuánto había que luchar para recuperarse. Esa era una victoria incontestable y que proporcionaba mucho más satisfacción que una batalla fácil. Y la había ganado con creces. Tenía poder y dinero.

A la gente le hubiera sorprendido saber lo poco que le importaba el dinero. Sin embargo, el poder era otra cosa. De muy pequeño había aprendido su valor. Abría puertas, convertía los «noes» en «síes», las dificultades en facilidades. El poder era afrodisíaco y, cuando era necesario, un arma perfecta que usaba sin que le temblara la mano.

El teléfono sonó por enésima vez en diez minutos y lo ignoró una vez más.

Una llamada a la puerta lo sacó de su ensimismamiento. Se trataba de Maria, su asistente personal.

Stefan la miró alzando una ceja con gesto irritado.

–No me mires así. Sé que no quieres que te moleste, pero no estás contestando a tu línea personal –al no obtener respuesta, Maria resopló–. Sonya te ha llamado varias veces.

–Llama para decirme que está enfadada, y no tengo el menor interés en hablar con ella.

–Ha dejado un mensaje: que no piensa hacer de anfitriona en tu fiesta de esta noche hasta que no tomes una decisión respecto a vuestra relación. Literalmente ha dicho: «Dile que o se compromete o rompemos».

–Pues rompemos. Se lo he dicho, pero no quiere entenderlo –Stefan levantó el auricular bruscamente y borró los mensajes sin molestarse en escucharlos, ante la mirada desaprobadora de Maria–. Llevas doce años trabajando para mí. ¿Por qué me miras así?

–¿Nunca va a importarte acabar una relación?

–No.

–Eso dice mucho de ti, Stefan.

–Sí, que se me dan bien las rupturas.

–No: que las mujeres con las que sales te dan lo mismo.

–Tanto como yo a ellas.

Sacudiendo la cabeza, Maria tomó dos tazas vacías del escritorio de Stefan.

–Tienes todas las mujeres que quieras y no hay una sola con la quieras asentarte. Eres un hombre con éxito en todas las parcelas excepto en la personal.

–Te equivocas.

–No me creo que no quieras algo más en una relación.

–Quiero sexo frecuente, apasionado y sin complicaciones –Stefan respondió con una sonrisa a la mirada de desaprobación de su asistente–. Por eso elijo a mujeres que quieren lo mismo.

–El amor te transformaría.

¿Amor? Solo oír la palabra bloqueaba algo en el interior de Stefan. Bajó los pies del escritorio.

–¿Desde cuándo forma parte de tu trabajo ocuparte de mi vida privada?

–Como quieras, no sé por qué me molesto –dijo Maria. Y salió, pero volvió al instante–. Hay alguien que quiere verte. Puede que ella te ayude a recordar que eres humano.

–¿Una mujer? Creía que mi primera cita era a las diez.

–Viene sin cita previa, pero no he tenido el valor de decirle que se fuera. Es una monja, y dice que tiene que hablar contigo urgentemente.

—¿Una monja? —preguntó Stefan, asombrado—. Si viene a salvar mi alma, llega tarde. Dile que se vaya.

Maria se cuadró de hombros.

—No pienso echar a una monja.

Stefan soltó un resoplido de exasperación.

—Cómo puedes ser tan inocente. ¿No te has planteado que puede ser una stripper?

—Sé cuándo un hábito es de verdad. Y no resultas nada atractivo cuando eres tan cínico.

—Pero siempre me ha venido bien como escudo protector. Y ahora que te has vuelto una blanda, lo voy a necesitar más que nunca.

—Me niego a decir a una monja que se vaya. Además, tiene una sonrisa muy dulce —Maria suavizó su expresión antes de mirarlo con determinación—. Si quieres echarla, tendrás que hacerlo tú mismo.

—Está bien, hazla pasar. Ya verás lo fácil que es alquilar un disfraz de monja.

Maria se fue, evidentemente aliviada, y Stefan esperó molesto una visita de la que no esperaba obtener ningún beneficio.

Su irritación se incrementó al ver entrar a la monja con la cabeza inclinada y cubierta por una toca. Su actitud pía no afectó a Stefan, que la observó desde su asiento sin inmutarse.

—Si espera que admita mis pecados, le advierto que la próxima cita es en una hora y no es tiempo suficiente para resumírselos. Si lo que quiere es dinero, mis abogados se encargan de mis obras benéficas. Yo gano el dinero, pero lo gastan otro.

El tono de voz que usó habría ahuyentado a muchos, pero la monja se limitó a cerrar la puerta a su espalda.

—No se moleste —dijo él con frialdad—. Se marchará

en unos segundos. No comprendo qué pretende con...
–enmudeció al ver que la mujer se retiraba la toca y
una melena de cabello rubio plateado caía en cascada
por su espalda.

–No soy una monja, Stefan –su voz suave y agitada
sonó más propia de una alcoba que de un convento.

–Es evidente –dijo él, irritándose con Maria por haberse dejado engañar–. Estoy acostumbrado a que las
mujeres recurran a cualquier truco para conseguir una
cita conmigo, pero ninguna había caído tan bajo como
para hacerse pasar por monja.

–Tenía que pasar desapercibida.

–Me temo que en el barrio financiero de Atenas,
una monja no pasa precisamente desapercibida. La
próxima vez, ponte un traje de chaqueta.

–No podía arriesgarme a ser reconocida –la mujer
miró hacia la ventana y, ante la exasperación de Stefan, se acercó para contemplar la vista.

¿Quién era? Había algo vagamente familiar en su
rostro. Stefan intentó desnudarla mentalmente para ver
si lo ayudaba a recordar, pero era difícil pensar en una
monja desnuda.

–Dado que no me acuesto con mujeres casadas, no
entiendo la necesidad del disfraz. Si me equivoco, ilumí-
name, por favor –Stefan enarcó una ceja–. ¿Dónde?
¿Cuándo? Tengo una memoria pésima para los nombres.

Selene apartó la mirada de la ventana y clavó sus
penetrantes ojos verdes en él.

–¿Dónde y cuándo, qué?

Stefan, que odiaba los misterios y no se caracteri-
zaba por su tacto, dijo:

–¿Dónde y cuándo nos acostamos? Seguro que fue
estupendo, pero vas a tener que darme detalles.

Ella carraspeó.

—No me he acostado contigo.

—¿Estás segura?

—Según los rumores —dijo ella con frialdad—, el sexo contigo es inolvidable, así que supongo que lo recordaría.

Más intrigado de lo que habría estado dispuesto a admitir, Stefan se acomodó en el asiento.

—Se ve que sabes más de mí que yo de ti. Así que la cuestión es ¿Qué haces aquí?

—Me dijiste que volviera cuando pasaran cinco años, y la semana pasada se cumplieron. Eres la única persona que ha sido considerada conmigo en toda mi vida.

Su tono emocional encendió las alarmas en la mente de Stefan. Acostumbrado a detectar la vulnerabilidad para usarla en su provecho, suavizó su actitud.

—Debe tratarse de un error, porque yo nunca soy considerado con las mujeres. De hecho, me esfuerzo por no serlo para evitar que empiecen con insinuaciones sobre anillos, bodas y casitas en el campo. Y ese no es mi estilo.

Selene sonrió.

—Te aseguro que conmigo fuiste muy amable. De no ser por ti, creo que me habría tirado por la borda en aquella fiesta. Charlaste conmigo toda la noche y me diste esperanza.

Stefan enarcó las cejas, sorprendido, al tiempo que intentaba recordar haber coincidido antes con aquella mujer de cabello espectacular.

—Definitivamente, debes haberte equivocado de persona. Dudo que hubiera charlado contigo en lugar de haberte llevado a la cama.

—Me dijiste que volviera en cinco años.

Stefan entrecerró los ojos.

–Me sorprende que ejerciera tal autocontrol.

–Mi padre te habría matado.

Stefan la miró fijamente y de pronto se quedó paralizado. Aquellos preciosos ojos tenían un peculiar tono verde que solo recordaba haber visto en una ocasión, tras unas desfavorecedoras gafas.

–¿Selene? ¿Selene Antaxos?

–Veo que sí me reconoces.

–Con dificultad –Stefan la recorrió de arriba abajo con la mirada–. ¡Dios mío, no eres ninguna niña!

Recordaba a una chica desgarbada, una adolescente dominada por su sobreprotector padre, una princesa cautiva.

«No te acerques a mi hija, Ziakas».

Aquella había sido la velada amenaza que le había impulsado a charlar con ella.

Le bastaba pensar en el nombre Antaxos para que su día se estropeara, y en aquel instante tenía ante sí a su hija. Los turbios sentimientos que esa noción despertó en él, le obligaron a recordarse que ella no era responsable de los pecados de su padre.

–¿Por qué vas disfrazada de monja?

–Tenía que esquivar al servicio de seguridad de mi padre.

–Seguro que no ha sido fácil. Claro que si tu padre no tuviera tantos enemigos, no necesitarías una protección tan férrea –ahogando los sentimientos que lo asaltaban, Stefan se puso en pie y rodeó el escritorio–. ¿Qué haces aquí?

El único recuerdo que tenía de aquella noche era haber sentido lástima de ella, un sentimiento tan ajeno a él que por eso mismo lo recordaba. Creía que las personas tomaban sus propias decisiones, pero al verla, tan larguirucha e incómoda, había pensado que ser la hija de Stavros Antaxos era una desgracia inmerecida.

—Ahora mismo te lo explico —dijo ella. Pero agachándose para tomar el bajo del hábito, preguntó—: ¿Te importa que me lo quite? Estoy asada.

—¿Dónde lo has comprado?

—Me educaron las monjas de la isla vecina, Poulos, que siempre me han apoyado. Ellas me lo dejaron. Pero ahora que estoy a salvo contigo, ya no lo necesito.

Considerando que pocas mujeres se sentían a salvo junto a él, Stefan la miró desconcertado mientras ella se retorcía y peleaba con la prenda, hasta quitársela y quedarse totalmente despeinada. Debajo, llevaba una camisa blanca con una falda tubo negra que abrazaba unas piernas espectaculares.

—Casi me muero de calor en el ferri. Por eso no llevo chaqueta.

—¿Qué chaqueta?

—La del traje.

Stefan apartó la mirada de sus piernas, sintiéndose como si le hubieran golpeado la cabeza con un bate, y escudriñó los ojos de Selene en busca de la joven insegura del pasado.

—Estás cambiada.

—Eso espero. De hecho, confío en parecer la mujer de negocios que soy —Selene se puso una chaqueta a juego con la falda que sacó del bolso y se recogió el cabello con una horquilla—. Cuando me conociste tenía granos y aparato. Estaba espantosa.

Pero ya no tenía nada de fea, pensó Stefan.

–¿Sabe tu padre que estás aquí?

–¿Tú qué crees? –dijo ella con una pícara sonrisa que reclamó la atención de Stefan hacia sus voluptuosos labios.

–Sospecho que tu padre debe llevar varias noches en vela –dijo, haciendo un esfuerzo sobrehumano por pensar en ella como la niña del pasado y no como la mujer en la que se había transformado–. Debería ofrecerte algo. ¿Quieres un... un vaso de leche?

Selene se retiró un mechón de cabello de la cara, entre tímida y seductora.

–No tengo seis años. ¿Sueles ofrecer leche a tus visitas?

–No, pero no acostumbro a recibir a menores.

–No soy menor. Soy una adulta.

–Eso es evidente –dijo Stefan. Y al ir a desabrocharse el botón de la camisa para aliviar el calor que sentía, descubrió que ya estaba suelto. ¿Estaría estropeado el aire acondicionado?–. ¿Vas a decirme por qué estás aquí?

Si lo que pretendía era arruinar a su padre, podrían llegar a un acuerdo.

–He venido a proponerte un negocio.

Los enormes ojos de Selene le trasmitieron tal anhelo, que Stefan sintió un golpe de deseo súbito y poderoso, completamente inapropiado dadas las circunstancias.

Aparte de lo obvios cambios físicos que se habían operado en Selene, resultaba tan inocente como la noche del yate, y ni siquiera él era capaz de caer tan bajo.

–No tengo fama de ayudar a la gente.

–Lo sé. Y no espero un favor. Sé muchas cosas de ti, como que cambias de pareja constantemente porque no quieres mantener una relación. Sé que en el mundo de los negocios te llaman todo tipo de cosas, incluido desalmado y cruel.

–Son buenas características para hacer negocios.

–Y sé que no te importa que te describan como un lobo feroz.

–Aun así, has venido.

–No te tengo miedo. Pasaste siete horas hablando conmigo cuando nadie me prestaba la menor atención –Selene dobló el hábito cuidadosamente y lo guardó en el bolso, sin darse cuenta de que, al inclinarse, Stefan pudo ver el perfil de sus senos asomando por el encaje de su sujetador.

Stefan fracasó en el intento de apartar la mirada.

–Eras muy dulce.

Usó esa palabra a propósito porque era la más apropiada para matar su libido, pero en aquella ocasión no sirvió de nada. ¿Por qué ella lo miraba con aquella expresión de confiar en él plenamente en lugar de con precaución?

«Entra, pequeña Caperucita Roja, y cierra la puerta».

Selene le dedicó una amplia sonrisa.

–La verdad es que me da cierta vergüenza recordarlo. Estaba tan disgustada que habría hecho lo que fuera para irritar a mi padre, pero tú, a pesar de todo lo que lo odias, no te aprovechaste de la situación. No te reíste de mí cuando te dije que quería montar mi propio negocio, ni cuando coqueteé contigo. Con un tacto exquisito, me dijiste que volviera en cinco años.

Selene habló precipitadamente, con la respiración agitada, y Stefan la observó en silencio, diciéndose que se le escapaba algo. ¿Qué había en su actitud: desesperación o entusiasmo?

–¿Estás segura de que no quieres beber nada? –preguntó para ganar tiempo.

–Me encantaría una copa de champán.

–Son las diez de la mañana.

–Lo sé. Pero no lo he probado nunca y esta sería la ocasión perfecta. Según Internet, vives una vida *de champán*.

Stefan percibió una nota de melancolía que lo desconcertó. Siempre había pensado que los Antaxos se bañarían en champán. Tenían todo el dinero del mundo.

–Aunque te cueste creerlo, restrinjo mis horas de champán al final del día –apretó los dientes y llamó a Maria por el interfono–: Maria, tráenos una jarra de agua o de limonada muy fría y algo para picar.

–Muchas gracias. Estoy muerta de hambre –dijo Selene.

Stefan se apoyó en el escritorio, asegurándose de mantener una distancia prudencial.

–Así que quieres proponerme un negocio. Dime qué es y te diré si puedo ayudarte.

Esas palabras le sonaron ajenas. Nunca se ofrecía a ayudar a nadie. Había aprendido desde muy pequeño a cuidar de sí mismo y a ser autónomo.

–La noche en el yate me inspiraste. Me contaste que habías partido de cero y lo maravilloso que era ser independiente. Eso es lo que yo quiero –Selene sacó una carpeta del bolso–. Este es mi plan de negocio. He trabajado mucho en él. Creo que te va a impresionar.

Stefan, al que raramente le impresionaban los planes ajenos, tomó la carpeta con indiferencia.

– ¿No tienes una versión electrónica?

–No he querido guárdalo en el ordenador por si mi

padre lo encontraba. Lo que importa son las cifras, no la presentación.

Así que su padre no sabía nada del proyecto. Eso explicaba los nervios que había detectado por debajo del tono animado y optimista.

Con toda seguridad se trataba de un proyecto de fin de curso, al que habría dedicado las horas muertas propias de una heredera sobreprotegida, y él era el afortunado receptor de su trabajo.

Intentando ignorar la sensación de que algo no iba bien, Stefan echó una ojeada a la primera página y le sorprendió encontrarla muy profesional.

—¿Velas? —preguntó, incrédulo—. ¿Esa es tu idea?

—Velas perfumadas —dijo ella con entusiasmo—. En el colegio de monjas al que fui hice un taller de velas y experimenté con distintas esencias. Tengo tres.

«Velas», pensó Stefan: el producto más aburrido del planeta.

¿Cómo podría librarse de ella con delicadeza? Él acostumbraba a tirar a la gente desde una gran altura y luego pisoteaba sus restos.

Carraspeó mientras se esforzaba por parecer interesado.

—¿Quieres explicarme qué las hace especiales? —preguntó, rezando para que no se excediera en los detalles. Hablar de velas era tan interesante como hablar del tiempo.

—He llamado a una Relajación, a otra Energía y la tercera es... —Selene se ruborizó—, Seducción.

Su titubeo hizo alzar la mirada a Stefan, y le bastó una ojeada para decidir que su primera intuición había sido acertada: era una rica heredera aburrida, jugando a hacer negocios.

Y una vez puesto en marcha su cerebro, recordó con toda nitidez la noche en que se habían conocido.

Selene era una adolescente triste, desorientada y tímida. Un patito feo rodeado de cisnes, al que su padre no quitaba ojo. Ningún otro hombre se había molestado en hablar con ella y las mujeres la habían ignorado, así que se había quedado sola, tan incómoda que casi resultaba doloroso observarla.

Pero ya no era esa niña, sino una mujer. Y lo sabía.

Stavros Antaxos debía estar pasando las noches en vela. Y Stefan pudo imaginar cómo habría reaccionado de haber visto la entrega y confianza con la que su hija lo miraba en aquel momento.

Solo él sabía hasta qué punto no merecía esa confianza.

La cuestión era, ¿sabía Selene cuál era la relación entre su padre y él?

Su actitud y, en consecuencia, la atmósfera cambió radicalmente. Con lentitud, Stefan cerró la carpeta y miró a Selene fijamente.

—Así que tus velas se llaman Relajación, Energía y Seducción...

—Así es.

—¿Y cuánto sabes tú de la seducción? —preguntó Stefan, insinuante.

Capítulo 2

ANTÁSTICO. En lugar de preguntar por la situación del mercado o por las previsiones de crecimiento, Stefan quería hablar de seducción.

Selene mantuvo la sonrisa de mujer de negocios que llevaba tiempo practicando, a la vez que la cabeza le daba vueltas.

¿Que qué sabía ella de la seducción? Nada. Solo sabía que sin la ayuda de Stefan jamás conseguiría sacar a su madre de la isla. Por eso tenía que demostrar que su negocio era viable.

–¿Qué sé de la seducción? No demasiado. Pero como suele decirse: no hace falta haber recorrido el mundo para saber de geografía.

Selene se guardó para sí que, además, tenía mucha imaginación.

Muy a menudo se había preguntado si su inseguridad y el que Stefan fuera amable con ella aquella noche habían contribuido a que su mente de niña lo convirtiera en un dios. Pero lo cierto era que era espectacularmente guapo: poderoso, fuerte y con una primaria masculinidad que aturdía.

Sin embargo, no era su físico, a pesar de su altura y de sus anchos hombros, lo que le resultaba irresistible, sino algo mucho más indefinido. La sospecha de que bajo aquel traje perfectamente cortado y de la actitud cortés, se agazapaba un hombre que podía ser peligroso.

Selene intentó recordarlo tal y como lo había visto hacía cinco años, pero le resultó imposible identificar al amable desconocido con el hombre de negocios frío y sofisticado que tenía ante sí.

Por otro lado, dada la velocidad a la que estaba mirando su plan de negocio, era evidente que le parecía muy pobre. Su madre tenía razón: no conseguiría que Stefan la ayudara. Por lo que había leído sobre él, era un hombre en la cima, rodeado de gente que le pedía consejo y a la que raramente ayudaba. ¿Por qué iba a atender a alguien como ella, sin ninguna experiencia?

Tras dar unos sorbos a la limonada, Selene no pudo aguantar más el suspense.

—Honestamente, ¿crees que...? —fue a preguntar si le parecía una porquería de proyecto, pero rectificó—. ¿Te plantearías invertir en este negocio?

Selene se sentía como una impostora. Stefan debía haberse dado cuenta al instante de que era la primera vez que tenía una reunión de aquel tipo.

Él cerró la carpeta y la dejó sobre el escritorio. Con el movimiento, la camisa se pegó a sus musculosos brazos y el corazón de Selene se aceleró. Soñaba con él constantemente; llevaba cinco años pensando en él a diario.

—¿Selene? —la voz de Stefan la sacó de su ensimismamiento, sobresaltándola.

—Dime.

Por la forma en la que Stefan la miraba, supo que se le daba bien leer la mente, y estaba segura de que la suya era más fácil de interpretar que la media. La boca se le secó al instante. Si Stefan adivinaba lo que estaba pensando, sería mejor que se la tragara la tierra.

Las búsquedas en Internet habían acelerado su corazón al saber de su vida social y de su relación con las mujeres: las fiestas, las noches de estreno, la ópera, el ballet. La lista era tan interminable como la de los nombres de sus acompañantes.

–¿Tienes una muestra de las velas? –preguntó él.

–Sí –Selene rebuscó en el bolso con manos temblorosas. La atracción que Stefan ejercía sobre ella era tan poderosa que le hacía perder el control. La culpa era de su padre, por haberla tenido encerrada. La consecuencia era que se había convertido en una ninfómana.

Stefan Ziakas tendría suerte si acababa aquel encuentro con ropa.

Selene lo miró de soslayo y fue consciente de haber cometido un error cuando vio que él clavaba en ella sus ojos dorados a través de sus pobladas pestañas, y que su sensual boca se curvaba en una sonrisa con la que cualquier mujer se habría dejado arrastrar al lado oscuro. Y a Selene le asustó descubrir lo poco que le importaría ser una de ellas.

–Estoy convencida de que este es un negocio con futuro –dijo con el estilo directo y eficiente que había practicado tantas veces delante del espejo–. También tengo algunas muestras de empaquetado. Vivimos tiempos acelerados y estresantes. Las velas perfumadas son un lujo asequible, y el mercado está creciendo a un ratio del cuarenta por cien.

Mientras hablaba, pensó, igual que cinco años atrás, que Stefan tenía unos labios perfectos. Ya entonces había creído por una fracción de segundo que la iba a besar, pero se equivocó.

Stefan tomó la vela de sus manos y la observó.

–¿Quieres hacerme creer que esto es el negocio del futuro?

–¿Por qué no? ¿No te gustan las velas?

–¿Quieres que te responda sinceramente? –preguntó él con una sonrisa insinuante.

–Desde luego –dijo ella, recordándose que debía actuar con profesionalidad.

–Soy un hombre, y como tal, la única razón por la que usaría velas sería en el caso de un corte eléctrico.

–Pero las velas son mucho más que eso –dijo ella con firma–. Por ejemplo, la que llamo Seducción, es ideal para crear la atmósfera perfecta para... para...

–¿Para? –la instó Stefan con expresión risueña.

–Para seducir –concluyó Selene, arrepintiéndose de haberle dado ese nombre.

–¿Tienes pruebas de que funciona? –preguntó Stefan en un tono perturbadoramente dulce, al tiempo que la miraba con una intensidad de la que había desaparecido la sonrisa

–Me lo han contado.

–Pero tú no lo has comprobado por ti misma –afirmó más que preguntó Stefan. Y Selene sintió que su mirada la quemaba.

–He probado Relajación y Energía.

–¿Pero no has hecho un estudio de mercado de Seducción?

–Sí, pero no personal.

Se produjo un prolongado y pulsante silencio. Stefan dejó la vela y apoyó las caderas en el escritorio.

–Deja que te explique algo sobre la seducción, Selene –dijo con una sensualidad más poderosa que cualquier vela–. Es mucho más que una palabra. Consiste en tentar, provocar y persuadir hasta hacer enloquecer a alguien. Es verdad que el olor es importante, pero el de la persona seducida, combinado con el tacto y el sonido.

Selene se quedó sin aire.

—¿El sonido?

—Cuando estoy con una mujer me gusta oír los sonidos que emite. Me gusta escuchar su placer igual que sentirlo con mis labios y mis dedos. Además, está el gusto... —su voz era cada vez más susurrante y sus ojos se cubrieron con un velo aterciopelado a la vez que añadía—: Me gusta saborear cada milímetro de una mujer, y animarla a que me saboree a mí.

—¿De-de verdad?

—Olfato, tacto, oído, sabor... la seducción usa todos los sentidos. Consiste en hacerse con el cuerpo y la mente de alguien hasta que pierde el sentido y se queda reducido a un estado elemental en el que solo importa el puro presente.

Selene sintió que la cabeza le daba vueltas.

—Puede que deba cambiar el nombre a la vela.

—Estoy seguro de que hay muchos hombres que recurren a una vela como complemento. Es solo que yo no soy uno de ellos.

Selene estaba segura de que Stefan no necesitaba más que sus manos y su boca para seducir a una mujer.

Al darse cuenta de que le temblaban las manos, las entrelazó con firmeza en el regazo.

—Que tú no seas mi cliente potencial no significa que el producto no tenga validez —satisfecha por haber encontrado un comentario apropiado, continuó—: ¿Me enseñarás lo que necesito saber? —al ver que Stefan enarcaba las cejas, añadió precipitadamente–. Me refiero a cómo llevar una empresa.

–Tengo que hacerte una pregunta.

–Claro. ¿Quieres detalles del producto? Son de una calidad excelente, hechas con cera de abeja, apenas producen humo ni gotean. El porta velas es...

–¡Qué excitante! –dijo él con sorna–. Pero esa no era mi pregunta.

–Supongo que quieres conocer mi proyección de ingresos. Hot Spa acaba de pedirme cinco mil. Puesto que eres su dueño, sabes que es la cadena de hoteles más exclusiva de Grecia.

Stefan tomó la vela y se la devolvió.

–Tampoco esa era mi pregunta.

Selene se humedeció los labios.

–Perdona, estoy hablando demasiado. Me suele pasar cuando estoy... –Selene pensó «desesperada», pero dijo–: Animada.

–Mi primera pregunta es por qué quieres montar un negocio. ¿Te aburres?

Selene tuvo que contener una risa histérica.

–No.

–Eres una princesa. No necesitas un negocio.

–Quiero probarme a mí misma que puedo hacerlo.

Stefan miró a Selene prolongadamente.

–Lo que me lleva a mi segunda pregunta: ¿Por qué has acudido a mí en lugar de a tu padre?

Selene se obligó a mantener la sonrisa.

–Quiero que sea mi proyecto, no el de mi padre. Y prefiero no tener que pedir favores –dijo, aunque su presencia allí demostrara lo contrario–. No puedo ir a ningún banco sin que pidan permiso a mi padre. He pensado en ti porque eres la única persona a la que no domina. Y porque me dijiste que volviera en cinco años.

Se produjo un nuevo silencio durante el que Selene temió haber cometido un grave error al acudir a Stefan. Poniéndose en pie súbitamente, dijo:

—Gracias por haberme escuchado.

Stefan se cruzó de brazos.

—¿No quieres conocer mi respuesta?

—Pensaba que necesitarías tiempo.

—He tenido todo el que necesito —dijo Stefan sin apartar la mirada de ella. Selene asumió que la respuesta era no y se sintió abatida.

—Vale. Entonces...

—La respuesta es sí.

Las palabras fueron tan inesperadas que Selene tardó en asimilarlas.

—¿De verdad? ¿Lo dices en serio o porque te doy pena?

—En absoluto —dijo él, mirándola fijamente. Luego caminó hasta el ventanal y añadió, mirando al exterior—. ¿Eres consciente de que tu padre se va a enfurecer?

Por supuesto que lo era. Y su temor era poner en peligro la seguridad de su madre.

Selene sintió el impulso de contarle la verdad, pero guardó silencio. Dudaba que Stefan quisiera que le hablara de su vida. Así que optó por decir:

—Tendrá que aprender que soy una persona independiente.

—¿Así que es un caso de rebelión adolescente tardía?

Selene optó por no contradecirlo.

—Sé que no le temes, y que la sola mención de tu nombre le enfurece.

Selene creyó percibir una tensión en los hombros de Stefan.

–¿Te ha contado alguna vez por qué? –preguntó él.

–Claro que no. Mi padre no habla de negocios con mujeres. Tendrá que hacerse a la idea –el dolor que sentía en el brazo le recordó hasta qué punto se enfurecería con ella–. No había pensado en que esto pudiera perjudicarte, pero si te incomoda...

–En absoluto –dijo Stefan. Y volviendo a su escritorio, hizo una llamada y dio instrucciones a su departamento legal para que se hicieran los arreglos necesarios para proporcionar un préstamo a Selene.

Ella lo observó sin dar crédito a sus oídos. ¿De verdad iba a ser tan sencillo? El nudo que llevaba sintiendo tanto tiempo en el estómago empezó a aflojarse, y la ansiedad se transformó en una euforia que le habría gustado demostrar dando saltos de alegría.

Ajeno al impacto que su decisión había tenido, Stefan colgó y dijo:

–Ya está. Mi única condición es que trabajes con uno de nuestros asesores para que te ayude a negociar con los proveedores y a calcular la inversión necesaria.

Stefan la miraba a través de sus largas y tupidas pestañas y Selene pensó una vez más lo guapo que era. Además, la gente estaba equivocada. No era el ser cruel y frío que retrataban, sino un ser humano capaz de comprender y ayudar a los demás. Habría querido darle un abrazo, pero temió que no fuera lo bastante profesional.

–Yo... Muchas gracias. No te arrepentirás –dijo. Y se acercó a él con la mano tendida.

Él la tomó y la estrechó con firmeza, pero lo que no

debía haber sido más que la forma de sellar un acuerdo, se transformó en algo más, y Selene pensó que le bastaría inclinarse levemente para besarlo. Horrorizada, bajó la mirada hacia sus manos, todavía unidas

–Ahora que la decisión está tomada –dijo él con dulzura–, la cuestión es hasta dónde estás dispuesta a llegar en tu búsqueda de independencia.

Selene, cuya imaginación estaba ocupada en qué sentiría si aquellas magníficas manos le recorrieran el cuerpo, sintió que el corazón le golpeaba el pecho.

–¿Por qué lo preguntas?

–Porque he organizado una fiesta esta noche y me he quedado sin acompañante. ¿Quieres celebrar tu nuevo estatus?

Selene lo miró a los ojos y vio que brillaban con un resplandor peligroso que le cortó el aliento.

–¿Me estás invitando a ir contigo?

Jamás había ido a una fiesta por pura diversión, en la que pudiera actuar espontáneamente.

Selene se preguntó por qué la invitaba.

–¿Si te dijera que no, significaría que...?

–El préstamo está concedido. No cambiaría nada.

Selene se dijo que debía rechazarlo, que ya tendría tiempo de celebrar. Se humedeció los labios.

–¿Qué tipo de fiesta es?

–De adultos. No habrá ni helado ni chucherías –dijo él, sonriendo.

–¿Me estás pidiendo que te acompañe como pareja?

–Así es.

Selene se sintió aún más entusiasmada que cuando Stefan había accedido a ayudarla. ¿Una fiesta con él, acudiendo como su acompañante?

Debía decir que no. Tras conseguir su ayuda, el plan era volver a Antaxos y persuadir a su madre de que se fuera con ella antes de que volviera su padre. No podía aceptar aunque fuera lo que más deseaba en el mundo.

Por otro lado, ¿por qué no aceptar?

Por primera vez en su vida era libre de tomar la decisión que quisiera. Por una vez su padre no podía dictarle lo que debía hacer o pensar. Si quería ir a una fiesta, nada se lo impedía. ¿No era ese el objetivo final de todo aquello? ¿Vivir su vida tal y como quería?

Sintiéndose liberada, comentó:

—No tengo qué ponerme.

—Eso no es ningún problema.

—Siempre he tenido la fantasía de ir a una fiesta con un vestido rojo, y beber champán acompañada de un hombre guapo, en esmoquin. ¿Beberemos champán?

Los labios de Stefan se curvaron en una sonrisa tan sensual que Selene pensó que debería estar prohibida.

—Toda la noche —susurró.

—¿Y también...?

Con una mirada de picardía bailando en sus ojos, Stefan aproximó su boca a la de ella unos centímetros.

—Si vas a preguntarme lo que creo, la respuesta es sí, te lo aseguro.

Capítulo 3

CÓMO has conseguido estos vestidos con tanta rapidez? ¿Y cómo has adivinado mi talla? —dijo Selene al encontrarse ante un perchero con los vestidos más bonitos que había visto en su vida. Había logrado acallar la parte de su mente que le decía que estaba cometiendo una imprudencia y quería disfrutar del momento.

Maria sacó un bolso del paquete de papel de seda.

—La gente reacciona a las órdenes de Stefan a toda velocidad. Es muy poderoso —dijo—. ¿Por qué no eliges uno?

—Ha sido muy considerado dejando que me ayudes —dijo Selene. Pero al ver la cara que puso Maria, añadió—: ¿No te parece considerado?

Maria sacó unos zapatos de una caja.

—No es un adjetivo que haya usado nunca para describirlo.

—Como hombre de negocios es lógico que tenga que ser severo. Pero conmigo ha sido muy amable.

Maria dejó los zapatos en el suelo, delante de Selene.

—No sabes cuánto me alegro. ¿Cuál te vas a probar primero? Stefan está en una reunión, pero en cuanto acabe querrá que os vayáis.

—El rojo —dijo Selene sin titubear—. Es precioso

–añadió, acariciando el cuerpo, con lentejuelas color escarlata–. ¿Te parece excesivo?

–No. Es una fiesta muy elegante –Maria lo miró prolongadamente y dijo–: ¿Seguro que no quieres probarte el azul?

–¿Temes que el rojo no sea del agrado de Stefan?

–Al contrario, temo que le guste demasiado –tras un breve titubeó, Maria añadió–: Selene, ¿estás segura de que quieres ir a la fiesta?

–¿Que si quiero ir? ¡Estoy deseándolo! No tienes ni idea de lo aburrida que es mi vida. En cambio hoy voy a ponerme un vestido precioso y a beber champán con Stefan.

–Mientras sepas que solo es eso –Maria carraspeó suavemente–. Stefan es el sueño de cualquier mujer, pero pronto puede convertirse en una pesadilla. No tiene la menor intención de comprometerse. Lo sabes, ¿verdad? Eres una chica encantadora y no me gustaría que sufrieras.

Selene se quedó paralizada. Ella sabía bien lo que era sufrir, y no se parecía nada a lo que sentía en aquel momento.

–No te preocupes. Solo voy a pasarlo bien por una vez en la vida.

–¿Por qué no sueles ir a fiestas?

–Tengo un padre muy dominante –Selene se dio cuenta de que había dicho más de lo que debía. Tomando el vestido, preguntó–: ¿Dónde puedo probármelo?

–Aquí tienes ropa interior –dijo Maria, dándole unas cajas–. Pasa a mi despacho y llámame cuando me necesites.

Una hora más tarde, Selene era dueña de un precioso vestido de noche, junto con un vestuario de emergencia, para pasar la noche en una villa exclusiva en una isla griega. Por delante tenía la noche más excitante de su vida.

Y aún tendría tiempo de volver por su madre y convencerla de que se fuera con ella antes de que su padre retornara a Antaxos.

–No puedes llevarla a la fiesta. Es inmoral.

Stefan alzó la mirada y descubrió a Maria delante de su escritorio.

–¿No recuerdas que eres tú quien la ha dejado pasar? –dijo él, apartando unos papeles.

–Hablo en serio, Stefan. Llévate a alguien más de tu tipo.

–Pero si esta mañana me has dicho que debía cambiar. A ver si te decides.

–No te he dicho que sedujeras a una chica inocente.

–Es una adulta y sabe lo que hace –Stefan tomó un bolígrafo y siguió repasando los documentos.

–Es una idealista. Cree que eres considerado y amable.

–Lo sé –dijo Stefan sonriendo, a la vez que firmaba en la última página–. Por una vez, soy un buen hombre. Se trata de un papel nuevo para mí, y no te imaginas cuánto me gusta.

–Estás jugando con ella como si fuera una muñeca –Maria apretó los labios–. Mándala junto a su padre.

Stefan se esforzó por que su rostro no reflejara las emociones que se removían en su interior a la mera mención de aquel hombre. Dejó el bolígrafo pausadamente.

–¿Sabes quién es su padre?

–No, aunque ha mencionado que es muy dominante.

–Es una manera de decir que es un tirano. Su padre, Maria, es Stavros Antaxos –Stefan vio que Maria palidecía–. Así es –Stefan notó la tensión de su voz y le molestó mostrarse alterado a pesar de que llevaba dos décadas practicando para controlar esa reacción

–¿Cómo puede un hombre como ese tener una hija tan encantadora como Selene?

Stefan se preguntaba lo mismo.

–Será que ha salido a su madre.

Maria parecía preocupada.

–¿Y por qué ha acudido a ti, si viene de una familia rica?

También Stefan se preguntaba lo mismo.

–¿No sabes que soy el primer hombre en el que piensan las mujeres cuando tienen problemas?

–Tú eres el hombre que los causa.

–Ay, eso duele –Stefan se reclinó en el respaldo y estiró las piernas.

–Aquí me tienes, espada en mano, dispuesto a matar al dragón para rescatar a la doncella, y a ti solo se te ocurre erosionar mi confianza en mí mismo.

Maria no sonrió.

–¿Es eso lo que estás haciendo? Porque lo que intuyo es que estás utilizando a la doncella para provocar al dragón.

Stefan mantuvo la sonrisa.

–Cuando hicimos el reparto de papeles en la empresa, el de cínico me tocó a mí, no a ti.

–Todo se contagia. ¿Sabe Selene cuánto te odia su padre? ¿Conoce la historia?

Nadie la conocía. Ni siquiera Maria, que solo tenía

una versión parcial y creía que se trataba de una rivalidad puramente empresarial. No tenía ni idea de lo antigua que era la enemistad, ni de lo profundas que eran las cicatrices.

– Precisamente me ha elegido a mí por mi relación con su padre.

Maria lo miró con desaprobación.

–¿Y no está yendo de Guatemala a Guatepeor?

–¿Insinúas que soy peor que Antaxos? No parece que tengas una buena imagen de tu jefe.

–No estamos hablando de trabajo. Como empresario eres magnífico, pero con las mujeres eres deplorable. ¿Qué piensas hacer con ella, Stefan?

–Tú deberías saber que no hago planes en lo concerniente a mujeres. Planear implica futuro y los dos sabemos que solo pienso en el presente. He accedido a apoyarla en su negocio y voy a llevarla a una fiesta donde pretendo conseguir que lo pase mejor que en toda su vida. Tiene veintidós años y quiere ser independiente. Puede tomar sus propias decisiones.

–No tiene ninguna experiencia. ¿No será que quieres ayudarla precisamente para enfurecer a su padre?

Stefan sonrió.

–Tengo que admitir que es un beneficio añadido.

–Me preocupa Selene, Stefan.

–Ella ha acudido a mí y yo me limito a ayudarla. No recuerdo que te hayas implicado tanto con ninguna de las otras mujeres de mi vida.

–Porque normalmente se bastan por sí solas.

–Quizá haya llegado el momento de cambiar –Stefan se puso en pie para dar la conversación por terminada–. ¿Cuándo va a estar lista? Supongo que está probándose todos los vestidos.

–No ha tardado ni cinco minutos en decidirse.

Dado que estaba acostumbrado a mujeres que tardaban horas en elegir qué ponerse, Stefan se sorprendió.

–Cada vez me gusta más –dijo.

–Tiene una gran opinión de ti.

–Lo sé –Stefan fue hacia la puerta y Maria lo siguió con un resoplido de frustración.

–¿Es que no tienes conciencia?

–No –se limitó a decir Stefan a la vez que se ponía la chaqueta.

Cuando Stefan había mencionado su villa, Selene no había imaginado una espaciosa mansión rodeada de praderas de césped perfectamente recortado. Se trataba de una pieza de arquitectura moderna, de techos altos y espacios amplios, donde los suelos de mármol reflejaban los cálidos colores mediterráneos, convirtiendo el interior en un lujoso a la vez que elegantemente sobrio santuario

Un porche emparrado daba acceso a un jardín de profuso colorido que descendía en una suave pendiente hasta una playa de arena tostada y aguas mansas y cristalinas.

–Ahora entiendo por qué las islas griegas son un destino turístico –comentó Selene.

Stefan la miró con curiosidad.

–¿Acaso lo dudabas?

Selene contempló las aguas turquesas y pensó que había pasado de una vida en blanco y negro a otra en tecnicolor.

–Antaxos no tiene nada que ver con esto. Su costa

es rocosa y apenas hay playas –dijo, guardándose que corría el rumor de que una mujer localmente enamorada de su padre se había suicidado tirándose desde uno de sus acantilados–. La casa de mi padre es de piedra y tiene ventanas pequeñas. Se supone que para aislarla del calor, pero el hecho es que resulta sombría. Por eso me gusta tanto lo luminosa y alegre que es esta.

–¿Alegre? –Stefan miró hacia la villa–. ¿Crees que las casas tienen estados de ánimo?

–Desde luego, ¿tú no?

–Yo creo que un edificio es un edificio.

–¡Qué va! Un edificio puede cambiar el ánimo de quien lo habita –Selene extendió los brazos–. Todo este espacio hace sentirse libre. Me siento como si pudiera volar –añadió, batiendo los brazos y girando sobre sí misma.

Stefan la sujetó al ver que perdía el equilibrio.

–Por las fotos que he visto, la casa de Antaxos es un castillo –comentó.

Selene sintió la fuerza de sus dedos en el brazo.

–Pero no se parece en nada a esta. A mi padre no le gusta gastar dinero en cosas materiales.

–¿Hay algo que le guste a tu padre?

«Hacer daño a la gente», pensó Selene. Pero buscó otra manera de expresarlo.

–Ganar –dijo finalmente.

–Eso es cierto –dijo Stefan, soltándole el brazo bruscamente.

Stefan lo sabía porque era uno de sus competidores, pero Selene apreció algo turbio y oscuro en sus ojos, que apuntaba a algo más profundo.

–Odias a mi padre, ¿verdad?

–Digamos que no es una de mis personas favoritas.

La sonrisa y el tono ligero del comentario no enga-
ñaron a Selene. Stefan era tan implacable como su padre, y aunque saberlo le produjo inquietud, intentó ignorar la voz interior que cuestionaba la decisión de
haber acudido a él.

Siguió a Stefan a través de distintas habitaciones,
todas blancas y con vistas al mar, hasta llegar a un
dormitorio.

Selene miró a su alrededor extasiada.

—¡Qué maravilla! ¡Tiene acceso a la piscina y se ve
el mar desde la cama! ¿Es mi dormitorio?

Stefan se volvió hacia ella con una sonrisa felina.

—Es mi dormitorio —dijo con dulzura, al tiempo que
retiraba un mechón de cabello del rostro de Selene—,
pero vas a compartirlo conmigo, *koukla mou*.

Selene sintió que el corazón se le aceleraba, tanto
por el roce de los dedos de Stefan como por la antici-
pación de lo que iba a suceder.

—La cama parece muy cómoda.

—Lo es. Desafortunadamente, no podrás compro-
barlo hasta más tarde.

—No me refería a eso.

—Lo sé. Me encanta la tendencia que tienes a hablar
sin pensarlo.

Lo sorprendente para Selene era que su comportamiento habitual era el opuesto. En su casa, cuidaba
cada palabra que decía; y no hacerlo le resultaba libe-
rador.

—A partir de ahora cerraré la boca.

—No lo hagas —dijo él, fijando la mirada en sus labios.

Selene sintió el corazón golpearle el pecho y vio
que él curvaba los suyos en una tentadora sonrisa.

–No –dijo Stefan con dulzura. Y ante la mirada interrogadora de Selene, añadió–: No voy a besarte todavía. Hay cosas que no deben hacerse precipitadamente, y tu primera vez es una de ellas.

Selene no se sintió intimidada porque supiera que era virgen y no se molestó en negarlo. Sentía una corriente eléctrica recorrerle el cuerpo y una bola de calor en la pelvis. Ansiaba tanto que Stefan la besara que no sabía cómo iba a poder esperar toda la tarde a que lo hiciera.

–Puede que no me importe la precipitación –dijo.

–Tienes que tener más cuidado con los hombres –dijo él, mirándola fijamente y acariciándole los labios lentamente con el pulgar.

–Contigo no siento que necesite ser cauta. Confío en ti.

–No lo hagas.

–¿Por qué no? –dijo Selene con firmeza–. Eres el único hombre que no teme a mi padre.

Se produjo una larga pausa. Stefan inclinó la cabeza hasta apoyar su frente en la de Selene.

–Todavía estás a tiempo de cambiar de idea –dijo, acariciándole el rostro con su aliento.

–No pienso cambiar de idea.

–Tal vez debería cancelar la fiesta y organizar una privada para nosotros dos –dijo Stefan con la mirada velada.

Selene sintió un hormigueo en el estómago. Estaba al borde de un acantilado y debía decidir si saltaba, aun a riesgo de ahogarse.

–Si no vamos a la fiesta no podré ponerme el vestido.

–Podrías lucirlo para mí –dijo Stefan con una sonrisa provocativa–. Y yo te lo quitaría.

–¿No te parece que sería un desperdicio?

–El vestido solo es el empaquetado. A mí me interesa el contenido –Stefan acarició el cuello de Selene con delicadeza. En ese momento sonó su móvil, y con una sonrisa apesadumbrada, dijo–: Quizá sea lo mejor. Los invitados llegarán en unas horas y, como Cenicienta, tienes que arreglarte.

–¿Cuánto tiempo crees que necesito? –preguntó Selene, sorprendida.

–En mi experiencia, las mujeres tardáis años en arreglaros. Por eso, como una buena hada madrina, he pedido que vengan a ayudarte –el teléfono seguía sonando y Stefan lo sacó del bolsillo–. Perdona, pero tengo que contestar –dijo, y salió.

Selene se quedó sola, en medio de la habitación. Abrazándose a sí misma miró, temblorosa, hacia la cama. Era enorme y lujosa. Del dosel colgaban visillos de gasa que le daban un aire de cuento de hadas. Se quitó los zapatos y se tumbó, recostándose sobre los almohadones. Era como estar en una nube. Nunca se había sentido tan libre como en aquel instante. Nadie la observaba, nadie le decía lo que debía hacer.

Exultante de felicidad, se levantó para explorar el dormitorio y descubrió un cuarto de baño espectacular, con una pared de cristal que permitía ver el mar desde la bañera.

Decidida a darse un capricho, sacó sus velas y el jabón, y se dio un baño.

No era tan ingenua como para no saber lo que iba a pasar. De hecho, llevaba años fantaseando con Stefan, y que fuera su primer hombre era perfecto.

«Pronto voy a aprender todo lo que debo saber sobre la seducción», se dijo.

Acababa de envolverse en una toalla cuando llamaron a la puerta y dos mujeres cargadas con varios maletines entraron enérgicamente.

–Hola, Selene, soy Dana, tu peluquera. Y esta es Helena, la maquilladora –dijo una de ellas, a la vez que cerraba la puerta.

–No tengo maquillaje –dijo Selene. Su padre despreciaba todo lo que tuviera que ver con la vanidad. Solo había accedido a ponerle aparato porque el dentista le había dicho, que a la larga, resultaría más económico.

–Tranquila. Nosotras tenemos todo lo necesario –dijo Dana, abriendo uno de los maletines.

–¿Podéis hacer algo por mis pecas y mis pestañas?

–¿Bromeas? –dijo Helena, estudiándola de cerca–. Si tienes unas pestañas largas y pobladas...

–Sí, pero tan claras que apenas se ven. Y soy muy pecosa.

–Para eso se inventó el rímel –dijo Helena– Y no tienes nada de pecosa.

–Pero antes el cabello –Dana colocó una silla en medio de la habitación–. No debes mirarte al espejo hasta que acabemos. No me gusta estropear el factor sorpresa.

Selene se estremeció al ver caer un mechón de cabello al suelo.

–¿Vas a cortármelo?

–No, solo voy a cortar puntas y a hacer capas. Stefan me ha prohibido cortártelo porque dice que le encanta.

Selene se puso roja. ¡A Stefan le gustaba su cabello!

–Lo tienes muy sano –añadió Dana, mientras trabajaba con habilidad y esquivaba a Helena, que había empezado a hacerle la manicura.

Una vez le secó el cabello, Dana le hizo un recogido con el que pareció quedarse muy satisfecha.

–Y ahora, el maquillaje.

–¿Me borrarás las pecas? –insistió Selene.

–¿Para qué? Te dan un toque encantador –Helena le pasó los dedos por el rostro–. Tienes una piel maravillosa –comentó. Y abrió varios frascos–. ¿Qué limpiadora usas?

–Jabón que hago yo misma –dijo Selene, sacando una pastilla de su bolso–. Pruébalo. También hago velas. Pero Stefan no cree que la gente esté interesada.

–¿Cómo va a saberlo, si es un hombre?

Selene sonrió a la vez que Helena aspiraba el aroma del jabón.

–Huele maravillosamente. Y tu piel es la mejor publicidad –Helena lo guardó en el bolso–. Lo probaré –luego se volvió a Selene y añadió–: No voy a maquillarte demasiado. Tienes un aire fresco y natural que no quiero estropear.

Selene tuvo la sensación de que pasaban horas y empezó a impacientarse. Hasta que, finalmente, Helena retrocedió para observarla.

–Dios mío, qué bien hago mi trabajo. Estás espectacular. Pero antes de mirarte en el espejo, vístete, así el efecto será completo –con una sonrisa, añadió–: Casi siento lástima por Stefan.

Capítulo 4

STEFAN circulaba entre sus invitados.

–Vamos, Stefan, ¿quién es? –una actriz de Hollywood con la que había flirteado durante meses, no ocultó su irritación al saber que tenía una invitada especial–. Espero que no sea Sonya.

–No.

–¿Por qué tanto misterio? ¿Y por qué sigue en el dormitorio en lugar de venir?

–Estará agotada –masculló alguien próximo. Stefan se limitó a sonreír al tiempo que tomaba una copa de champán que le ofrecía un camarero.

–Es una mujer discreta y todo esto es nuevo para ella –dijo, siguiendo su costumbre de aproximarse lo más posible a la verdad.

Carys Bergen, una modelo con la que había salido un tiempo, se aproximó.

–Eres un perverso. ¿Quién es la mujer que va a aparecer como un conejo que sacaras de la chistera?

Stefan fue en busca de Selene, dejando a sus invitados expectantes y recogiendo otra copa de champán en el camino.

Cuando entró y no la vio, frunció el ceño.

–¿Selene?

–Estoy aquí.

Al volverse, Stefan vio a una mujer vestida de escarlata que no tenía nada que ver con la joven a la que había dejado horas antes.

–Ese vestido se hizo con el propósito de que un pobre hombre quisiera arrancártelo –susurró, fijándose en las deliciosas curvas de su cintura y de sus senos, que el vestido abrazaba como un guante.

Selene sonrió, encantada con la buena impresión que claramente le había causado.

–Nadie te describiría como un «pobre hombre». Y sé que siempre vas acompañado de mujeres con vestidos espectaculares. Así que, ¿qué tiene este de especial?

–La persona que lo lleva puesto.

–Vaya, señor Ziakas, ¡qué galante!

Desconcertado por que su piropo fuera recibido con una broma, Stefan le dio el champán.

–Champán, un vestido rojo y un hombre con esmoquin. Creo que es la primera vez que consigo convertir en realidad los sueños de una mujer –comentó.

–Así es. Gracias –Selene probó el champán cerrando los ojos–. Sabe a fiesta –dio otro sorbo, seguido de un largo trago.

Stefan enarcó las cejas.

–Si quieres recordar la velada, será mejor que bebas despacio.

–Está delicioso. Me encanta sentir las burbujas en la lengua. Y la ventaja de ser independiente es que puedo decidir lo que bebo.

–Como quieras. Pero aunque me encante que disfrutes del champán, no me gustaría que mi acompañante acabara inconsciente –le ofreció el brazo y Selene, dejando la copa vacía, lo aceptó.

–Gracias.

Su sonrisa amplia y sincera desconcertó a Stefan, que estaba acostumbrado a un estilo más manipulador y coqueto que honesto. Selene no parecía tener ninguna cautela, ninguna protección contra el mundo. ¿Cómo se defendería una vez abandonara el círculo protector de su padre?

–¿Por qué me das las gracias?

–Por acceder a ayudarme, por invitarme a la fiesta y ocuparte de que tenga este precioso vestido. Eres mi héroe –Selene se inclinó hacia atrás para observarlo y añadió–: Por cierto, estás guapísimo. Los dragones de Grecia deben estar encerrados en sus cuevas para evitar encontrarse contigo.

–Los héroes no existen y es evidente que has bebido demasiado deprisa –dijo Stefan, a la vez que tomaba nota de que el personal preparara una bebida sin alcohol para que Selene no acabara con un coma etílico.

Ella deslizó la mirada hacia sus labios.

–Eres demasiado modesto –susurró–. La gente está muy equivocada.

–Y tú eres demasiado inocente. ¿Y si estuvieran en lo cierto?

Ignorando el comentario, Selene lo sujetó por la solapa y tiró de él hacia sí.

–¿Sabes lo que creo? Que proyectas esa imagen de malo para ahuyentar a la gente. Sobre todo a las mujeres. Creo que temes la intimidad.

Stefan se puso en guardia. Selene acababa de encontrar el único resquicio por el que se podía atravesar su armadura y le había clavado una daga. Solo podía ser casualidad. Ni ella ni nadie conocían su pasado.

–Eso no es verdad, como pienso demostrarte más tarde. Así que no bebas demasiado o te quedarás dormida antes de que llegue lo mejor de la noche –dijo él con aspereza. Y la condujo hacia la puerta.

–Perdona si te he ofendido –dijo ella.

–¿Qué te hace pensar eso?

–Que te ha cambiado la voz.

Stefan, que se vanagloriaba de no dejar traslucir ningún sentimiento, empezó a sudar. ¿Acaso Selene tenía poderes?

–No me has ofendido. Es solo que nos están esperando los invitados. ¿Estás lista?

–Sí, aunque no sé si lo bastante preparada para que me odien.

–¿Por qué dices eso?

–Porque estoy con el hombre más guapo de la Tierra. Todas las mujeres van a odiarme. Pero no te preocupes, cuando eres hija de Stavros Antaxos te acostumbras a no tener amigos.

Aunque habló en tono animado, Stefan recordó la noche en el yate, cuando la había encontrado prácticamente escondida en un rincón, y cómo no había sabido disimular su alegría cuando él se había sentado a su lado.

–La amistad es un sentimiento sobrevalorado. Cuando alguien quiere ser tu amigo suele ser porque quiere algo de ti.

–Eso no es verdad.

–No quieres creerlo porque eres una idealista –Stefan le abrió la puerta.

–¿Quieres decir que la verdadera amistad es imposible? –preguntó ella, decepcionada.

–Lo que digo es que la tentación del dinero suele ser muy poderosa y que lo cambia todo –dijo Stefan, sintiendo que la cicatriz de su corazón se resentía al recordar hasta qué punto eran verdad sus palabras–. Es mejor que no lo olvides.

–¿Eso es lo que tú haces? ¿Protegerte para no sufrir?

Stefan, que siempre mantenía las conversaciones a un nivel superficial, se preguntó por qué con Selene tendían a adquirir una nueva profundidad.

–Yo vivo tal y como quiero. En este momento, lo que quiero es acudir a mi fiesta. ¿Nos vamos?

Todo el mundo miraba con disimulo, por encima de sus copas de champán, pero la expresión general era la misma: sorpresa.

Sintiéndose como un pájaro recién liberado de su jaula, Selene tomó otra copa.

–¿Estás segura de que debes seguir bebiendo? –preguntó Stefan, frunciendo el ceño.

–Lo bueno de esta noche es que puedo tomar mis propias decisiones: he decidido venir a la fiesta, ponerme este vestido y beber champán.

–Que sepas que también estás eligiendo tener mañana un espantoso dolor de cabeza.

–No me importa –dijo Selene sonriendo–. El champán hace que todo resulte más interesante.

–La segunda copa, sí. A partir de la tercera, olvidarás lo interesante que ha sido todo. Deberías pasarte al zumo de naranja.

–Debo comprobar por mí misma si me da o no dolor de cabeza.

–Te lo recordaré cuando te encuentres mal.

Selene rio animadamente.

–¿Cuántas copas debes tomar para besarme?

–Para eso no necesito estar ebrio, *koukla mou* –dijo Stefan con ojos brillantes.

–Entonces, ¿por qué no me besas? –dijo Selene, tomándolo por las solapas y cerrando los ojos.

Selene esperó con ansiedad el contacto de los labios de Stefan con los suyos. Pero en lugar de besarla, Stefan le acarició la mejilla. Ella abrió los ojos con el corazón acelerado. Stefan entonces la tomó por la nuca y la atrajo hacia sí.

–¿Qué tienes para que me resulte imposible alejarme de ti aunque debiera hacerlo? –preguntó él a unos milímetros de su rostro.

Selene sintió el deseo estallar en su vientre.

–¿Quizá que te estoy sujetando por las solapas? –bromeó.

Pero Stefan no sonrió.

Expectante, Selene percibió un destello en sus ojos y descubrió que una mirada bastaba para provocar una reacción física cuando la de Stefan le recorrió el cuerpo, convirtiendo su sangre en lava. El anhelo de recibir aquel beso amenazó con asfixiarla. Hasta que finalmente sintió el roce de los labios de Stefan a la vez que este deslizaba la mano por su espalda y la atraía hacia sí.

Selene sintió el calor y la tensión que emanaba de él y súbitamente supo que había traspasado la línea entre el juego y la realidad. Los ojos de Stefan perdieron todo brillo de diversión y en ellos se reflejó una pura y primaria sexualidad masculina. Y Selene supo que era él quien controlaba cada segundo de aquel encuentro: el tempo, la intensidad, incluso las reacciones que quería conseguir de ella.

Simultáneamente, supo que haber decidido explorar su sexualidad con aquel hombre era como haber comprado un animal doméstico y descubrir que se trataba de un tigre. En Stefan no había rastro de mansedumbre. Todo él era peligro. Y representaba todo lo que ella había soñado todos aquellos años cuando imaginaba su nueva vida.

Rebobinando mentalmente, intentó separarse de Stefan, pero él la sujetó con firmeza.

–Cierra los ojos, *bebedora de champán*.

La orden susurrada penetró los huesos de Selene, que se sintió como si hubiera saltado desde un elevado trampolín hacia aguas turbulentas.

Entonces sintió el beso de Stefan, experto y sensual, su lengua acariciándole los labios, y Selene se entregó plenamente a las sensaciones, hasta que la cabeza le dio vueltas y su capacidad de pensar se diluyó.

Fue el momento más excitante y perfecto de su vida, y al abrazarse al cuello de Stefan y sentir la evidencia física de que estaba excitado, su cuerpo tembló. Saber que la deseaba era tan embriagador como el champán.

–¿Por qué no vais a un dormitorio? Seguro que el dueño de la villa os prestaría uno.

Una voz femenina atravesó la nebulosa en la que Selene se encontraba. Se habría separado de Stefan, sobresaltada, si este no la hubiera sujetado contra sí.

–Carys, ¡qué inoportuna eres!

–¿Tú crees? –dijo la mujer, sarcástica.

Desilusionada por la interrupción, Selene miró a la mujer, que resultó ser de una belleza espectacular. Ella le tendió la mano.

–Soy Carys. Y supongo que tú, Selene.

A Selene le desconcertó que la reconocieran. Era una posibilidad que ni se había planteado.

–¿Nos conocemos?

–Claro. Lo que me extraña es que no estés con tus padres. Sois una familia tan unida...

Selene sonrió, impertérrita. Tenía mucha práctica en aquel tipo de intercambio.

–Encantada de conocerte.

–Igualmente –Carys se llevó la copa a los labios, mirando a Stefan con admiración–. Tengo que admitir que tienes la genialidad de un Maquiavelo. Juego, set y partido, Stefan.

Selene, que intuyó que aquel intercambio cifrado tenía que ver con su relación, permaneció en silencio. Carys tomó dos copas de la bandeja que le tendió un camarero, y le dio una.

–Bebamos por ti.

Selene recordó el consejo de Stefan, pero no pudo soportar la idea de pedir un zumo de naranja delante de una mujer tan sofisticada como aquella, así que aceptó la copa, la entrechocó con Carys y bebió. El alcohol le calentó la sangre y la envalentonó al instante. Quería bailar, pero al ver que la pista estaba vacía preguntó por qué nadie bailaba. Carys la miró con sorna.

–Bailar... acalora –dijo a modo de explicación.

–¿Y eso es malo? –preguntó Selene, al tiempo que empezaba a balancearse en el sitio

–Eso depende de ti. Pero si consigues arrastrar a Stefan a la pista de baile, habrás triunfado donde las demás hemos fracasado –dijo Carys. Y se alejó.

–Me odia porque está loca por ti –dijo Selene, siguiéndola con la mirada.

–No eres tan inocente como pareces –dijo Stefan.

–Soy buena psicóloga.

Era una de las consecuencias de haber vivido leyendo entre líneas, interpretando emociones e intenciones ocultas para poder anticipar las consecuencias. Ensimismada, terminó la copa, que Stefan le quitó de la mano y sustituyó por un zumo.

–Aprende esto. El alcohol te hace sentir bien cinco minutos. Pero si sigues, acabarás llorando en mi hombro.

–Yo solo lloro de felicidad. Y como me siento extremadamente feliz, deberías tener unos cuantos pañuelos a mano –riendo al ver la cara que ponía Stefan, Selene se soltó de él y fue a la pista de baile.

Él la sujetó por los brazos.

–Se acabó el champán –dijo.

–Aburrido.

–Lo hago por tu cerebro.

–Quiero empezar mi nueva vida –dijo ella, moviéndose al ritmo de la música.

Stefan la mantuvo asida.

–Pero no hace falta que la vivas en una noche.

Sonó una canción más lenta y Stefan tomó a Selene por la cintura. Ella suspiró y le pasó el brazo por el cuello.

–¿Sabes cuándo un sueño se cumple y la realidad supera todas tus expectativas?

Stefan le acarició los labios.

–No sé qué piensas añadir, pero ha llegado el momento de que cierres la boca.

–No me extraña que vuelvas locas a las mujeres porque eres verdaderamente sexy.

Stefan sacudió la cabeza con incredulidad.

–¿Qué has hecho con la chica tímida y apocada que ha llegado a mi despacho?

–Creo que ahora soy la verdadera yo, pero hasta ahora no se había manifestado.

Stefan sonrió con una mezcla de diversión e impaciencia.

–¿Debería temerte?

–Tú no tienes miedo a nada. Por eso he acudido a ti. Sé que no es políticamente correcto admitirlo, pero creo que me excitan los hombres fuertes –sintiéndose mareada por la atmósfera de fiesta y el champán, Selene apoyó la frente en el pecho de Stefan–. Y encima, hueles maravillosamente –añadió.

–Selene...

–Y besas como un dios. Debes haber practicado horas. Me alegro de haber tachado una de las cosas de mi lista de deseos.

–¿Tienes una lista de deseos?

–Sí: diez cosas que quería que sucedieran cuando dejara la isla para vivir mi vida. Ser besada era una de ellas y gracias a ti lo he cumplido con una nota de diez. Otra, es despertarme junto a un hombre verdaderamente sexy –concluyó Selene, mirando a Stefan de soslayo y recibiendo de él otra mirada de perplejidad.

–Esto es lo que pasa cuando una hija sobreprotegida deja el nido. ¿Qué más hay en tu lista?

Selene se dio cuenta de que tenía la cabeza demasiado enmarañada como para recordar con precisión.

–Ser capaz de tomar mis propias decisiones. El sexo, por supuesto. Quiero tener sexo salvaje y apasionado.

–¿Con alguien en particular? –dijo él con sorna.

Selene sonrió.

–Sí, contigo. Siempre he querido que fueras mi primer hombre –dijo Selene, que no veía la necesidad de mentir–. Espero no estar poniéndote nervioso.

Stefan la miró con ojos brillantes, pero la sonrisa se borró de sus labios. La atmósfera había cambiado sutilmente.

–Creo que el champán está hablando por ti.

–No. El champán solo me ha ayudado. Se ve que es bueno para desinhibir.

–Eso parece –dijo Stefan. Con un suspiro la tomó de la mano y, sacándola de la pista, la llevó por un estrecho sendero que conducía a la playa.

–¿Dónde vamos? ¡No corras tanto!

–Te estoy sacando de la fiesta antes de que hagas algo de lo que puedas arrepentirte –Stefan resopló cuando Selene se tropezó y cayó sobre él–. ¡No debería haberte dejado beber esa tercera copa! –dijo con aspereza. Luego la tomó en brazos y, como si fuera ligera como una pluma, bajó unas escaleras –. Aquí va otro consejo: la próxima vez, deja de beber mientras puedas caminar en línea recta.

–Puede que no haya una próxima vez. Por eso quiero disfrutar de esta al máximo. Quiero vivir el presente, o al menos lo estoy intentando. Pero no resulta fácil si la persona que te acompaña no hace lo mismo.

–*Theé mou...* –con los dientes apretados, Stefan la dejó en la arena, donde ella se dejó caer como si no tuviera huesos. Sacudiendo la cabeza para aclararse la mente, se quitó los zapatos.

–La cabeza me da vueltas. La próxima vez beberé más despacio. Y si te atreves a decirme «te lo dije», te doy un puñetazo.

Stefan resopló.

–¿Eres consciente de lo que podría haberte pasado? Prácticamente te has ofrecido a mí.

–Ya lo sé, y se ve que no lo he hecho bien, porque me estás mirando con desaprobación. ¿No crees que una mujer tiene tanto derecho como un hombre a disfrutar del sexo?

Stefan espiró lentamente.

–Desde luego –dijo.

–Entonces, ¿por qué me miras con esa cara de enfadado? Y yo que confiaba en que fueras tan malo como dicen... –dijo ella, tumbándose sobre la arena.

Stefan resopló una vez más.

–¡Deberías agradecer que una de mis reglas sea no mantener relaciones con una mujer borracha! Ponte en pie. ¡No puedo hablar contigo si estás tumbada como si fueras una estrella de mar!

–¿Por qué todos los hombres me comparáis con animales? Mi padre me llamaba jirafa; ahora tú, estrella de mar. El día que me llamen ballena, me suicido.

Con un gruñido de exasperación, Stefan se inclinó y tomándola por los brazos, la obligó a ponerse en pie. Ella colapsó contra su pecho.

–Esto no está saliendo como pensaba –dijo Stefan tras una pausa en la que solo se pudo oír el mecer de las olas y la respiración de ambos.

–Dímelo a mí: con todas las cosas que creía que podían pasarle a una chica con un vestido como este, al final solo he recibido un beso espectacular y un sermón.

Stefan la asió con fuerza.

–Deberías estar agradecida por el control que estoy ejerciendo sobre mí mismo.

–Pues no es así. De hecho, daría lo que fuera por que te dejaras llevar por tus instintos más primarios.

Stefan masculló algo entre dientes y luego, tomándole el rostro entre las manos, la besó. Ella sintió una corriente recorrerle el cuerpo, penetrar sus huesos y dejarla sin fuerza. Cuando Stefan abrió sus labios con la lengua y exploró su boca, en su bajo vientre estalló una bola de fuego. Stefan continuó besándola lentamente, hasta que Selene perdió la noción de todo, incluso de sí misma.

En el preciso instante en que pensaba que su sueño por fin se haría realidad, Stefan rompió el beso y ella se sintió perdida. Miró a Stefan en la penumbra y fue plenamente consciente del contraste que había entre ellos. Él era todo fuerza y virilidad, mientras que ella, aun siendo alta, apenas le llegaba al hombro. Sin pensarlo, alargó la mano y le acarició la mejilla, lo que arrancó una honda aspiración de Stefan.

–Voy a llevarte al dormitorio –dijo él.

–Sí. Llévame para que podamos probar esa gigantesca cama. Desnúdame y hazme cosas perversas –susurró ella, a la vez que le acariciaba los brazos–. Eres muy fuerte.

–Lo bastante como para impedir que hagas algo de lo que te arrepientas mañana.

–¿Ves? Se supone que eres malo, pero eres bueno. Siento decirlo, pero «te lo dije». En el fondo, eres una buena persona. Aunque ahora mismo.... –Selene disimuló un bostezo–. Ahora mismo desearía que no lo fueras.

–Cállate, Selene. Deja de decir todo lo que piensas.

–Llevo toda la vida callándome lo que pienso –dijo ella, y ahogó una exclamación cuando Stefan se inclinó y la tomó en brazos.

Con gesto severo, Stefan la llevó por un camino privado hacia la villa.

Cuando pasaron junto a la piscina, ella susurró:

—¡Este sitio es tan romántico! —miró la espejeante superficie del agua y pensó que era un lugar mágico. El muro que la rodeaba estaba cubierto de plantas exóticas y se oía el murmullo de una fuente—. ¿Desde cuándo vives aquí?

—Desde hace mucho —masculló él con aspereza—. ¿Puedes caminar o te llevo en brazos?

—Prefiero seguir en tus brazos —dijo ella, asiéndose con fuerza a su cuello—. Quiero que me lleves a la cama y me lo enseñes todo sobre la seducción. Podemos considerarlo estudio de mercado.

—Tal y como estás, mañana no te acordarás de nada.

—Si lo prefieres, tomaré notas. Prometo concentrarme y aprender pronto. No tendrás que repetirme nada.

—Lo primero que tienes que aprender es que no debes beber nunca más. La próxima vez que te ofrezcan algo de beber, elige una bebida no alcohólica —mirándola con desaprobación, Stefan la dejó en medio de la cama y dio instrucciones en griego a una mujer que entró simultáneamente.

Selene se giró sobre el costado y murmuró:

—Te pasas el tiempo dando órdenes. ¿Alguien te dice alguna vez que no?

—Trabajan para mí. He pedido que te traigan un café.

—Si tomo café tan tarde no podré dormir. ¿También das órdenes en la cama? —Selene se incorporó y apoyó la barbilla en las rodillas—. Quítate la ropa...Túmbate así.... —añadió, imitando una voz grave.

—¡Cállate! —dijo Stefan en tono severo.

Selene lo observó con abierta admiración.

—¿Puedo preguntarte una cosa?

–No.

–¿Has estado enamorado alguna vez?

–Selene, cierra esos preciosos labios y cállate –dijo Stefan. Y quitándose la chaqueta, la colgó del respaldo de la silla más próxima.

–Deduzco que no –Selene se dejó caer sobre los almohadones. La cabeza le daba vueltas–. Yo quiero estar enamorada. Pero quiero que él también me ame. Nunca estaría con alguien que no me quisiera.

–¿Cuál es el objetivo de esta conversación?

–Que me conozcas mejor.

–No me hace falta. Ya sé todo lo que necesito.

–Así que eres un hombre que no cree en el amor... Seguro que para ti solo es un mito, como el minotauro o la leyenda de la Atlántida.

–Selene, deja de hablar –Stefan se quitó la pajarita con impaciencia–. Ve al baño y date una ducha fría. Seguro que te ayuda.

Selene rodó sobre el estómago y apoyó la barbilla en las manos.

–¿Sabes lo que le falta a esta habitación? Velas perfumadas. Los estudios demuestran que un hombre tiene muchas más posibilidades de acostarse con alguien si tiene velas perfumadas.

Stefan apretó los labios.

–Tú no sabes nada de eso.

–Estoy haciendo lo posible por aprender, pero tú no me ayudas –intentando ignorar el mareo que sentía, Selene dijo, insinuante–. Bésame. Y esta vez no pares.

Stefan se quedó paralizado y su mirada se veló.

–Estás jugando con fuego.

–Preferiría jugar contigo... –al ver la cara de exasperación de Stefan, Selene rio–. Para ser un hombre sofisticado con una terrible reputación, resultas muy comedido.

–Es lo que suele pasarme cuando una mujer bebida me dice que quiere amor –dijo Stefan, desabrochándose el primer botón de la camisa sin apartar la mirada de Selene.

–No estoy borracha y no quiero amor. Solo quiero sexo –dijo Selene vehementemente–. Sexo salvaje. No temas nada. Luego puedes marcharte y no volver a hablar de ello. Será nuestro secreto.

La atmósfera se trasformó bruscamente. Por un instante, Selene pensó que Stefan iba a salir de la habitación, pero en lugar de eso, se quedó mirándola fijamente, como si estuviera tomando una decisión.

Justo cuando Selene pensó que no tenía nada que hacer, él caminó hacia la cama con paso firme. Ella sintió un cosquilleo en el estómago y el más delicioso nerviosismo.

–Di algo... –susurró, incorporándose.

–Ya hemos dicho todo lo que hacía falta –dijo Stefan con voz grave al tiempo que se desabrochaba la camisa con determinación. Selene deslizó su sorprendida mirada por su torso, sus brazos, su vientre...

–Yo-yo...

–Selene, me has hecho una invitación y estoy aquí para aceptarla. ¿No es eso lo que querías? –dijo Stefan.

Y sin apartar la mirada de ella, se llevó la mano a la cremallera del pantalón.

Capítulo 5

STEFAN permanecía despierto, con las manos tras la nuca, observando un pájaro que sobrevolaba la piscina, sumergiéndose y emergiendo, ajeno al peligro que corría. Y le recordó a Selene.

En ese momento, ella se removió a su lado y, con un gemido, se cubrió los ojos con el brazo.

–¡Apaga la luz! Tengo dolor de cabeza –masculló.

Stefan la miró. Dado lo inocente y abierta que era, empezaba a comprender que su padre mantuviera una actitud tan protectora. Era pieza fácil para un desaprensivo, y en aquel momento estaba en su cama, en su casa, donde ninguna mujer había pasado la noche antes. La casa que había construido a partir de la ruina a la que Stavros Antaxos había abocado a su familia.

Las sábanas de seda no le hacían olvidar el tiempo en el que yacía sobre el suelo, junto a un plato de comida podrida. Nunca había olvidado el dolor que le había causado oír la risa que compartía alguien a quien amaba con alguien a quien odiaba.

Se inclinó hacia Selene y le retiró el cabello de la cara.

–Se llama «sol». Y la luz no tiene nada que ver con tu dolor de cabeza.

Selene abrió los ojos con dificultad. Por un instante

lo miró aturdida y luego deslizó la mirada lentamente por su torso, hacia abajo, hasta...

–¿Estás desnudo? –se incorporó bruscamente y con un quejido, volvió a dejarse caer–. ¡Dios mío, qué dolor!

La total ausencia de sofisticación en ella resultaba encantadora.

–Sí, estoy desnudo. Y tú también. Suele pasar cuando dos personas pasan la noche juntas –dijo. Y esperó la reacción de Selene.

Estaba seguro de que saltaría de la cama y le acusaría de haberse aprovechado de ella. Luego se iría. Pero al menos, habría aprendido la lección de que no debía ser tan confiada.

–Me has desnudado y ni siquiera me acuerdo –dijo ella con la voz distorsionada por la almohada–. Seguro que fue divertido. No me siento bien. ¿Puedo beber algo?

–¿Champán? Ayer era tu bebida favorita.

–¡No! –gimió Selene–. No pienso volver a beber. Agua, por favor.

Stefan tomó el teléfono de la mesilla y llamó a la cocina pensando que Selene era como un adorable gatito, y al instante frunció el ceño, consciente de que esa era una descripción que jamás se le había pasado antes por la cabeza.

Distraídamente, le acarició el brazo y ella se estremeció. Pero permaneció en la cama. Sin dar la menor muestra de desconfianza.

Dominado por una tensión insoportable, Stefan se levantó y tomó unos calzoncillos y unos vaqueros.

–Mi consejo es que te des una ducha fría.

–¡Qué horror! –Selene se encogió al oír la cremallera cerrarse–. ¿Podrías ser más silencioso? Me va a explotar la cabeza.

Pero seguía allí, pensó Stefan, en su cama, en su casa, confiada, mientras que la furia que despertaba su padre en él, era cada vez más intensa.

Abrió la puerta bruscamente y tomó la bandeja que le llevaba el servicio. Cerró la puerta de una patada y sirvió un vaso de agua que pasó a Selene a la vez que mentalmente le ordenaba: «Vete. Huye mientras puedas».

Esta lo miró con una mueca y dijo:

–No sé si quiero beber. Tengo el estómago revuelto.

–Estás deshidratada. Necesitas líquidos. Y comer algo.

–¡Por favor, no hables de comida!

Stefan se sentó en la cama y la ayudó a incorporarse.

–Bebe. Te sentará bien.

–Me siento fatal. Y te odio por tener tanta energía –masculló ella. Pero en lugar de tomar el vaso de sus manos, cerró sus dedos sobre los de él y bebió–. Gracias. Eres muy amable.

Amable. Stefan sintió esa palabra como una bala atravesando su mente. Necesitaba romper la imagen que Selene se había formado de él. Tenía que sacarla de su error.

–Estás en mi cama y no recuerdas nada de anoche.

–Ya. Estoy furiosa.

Stefan se relajó pensando que iba por buen camino.

–Como debe ser. Me he aprovechado de ti.

–No estoy furiosa contigo, sino conmigo. Me dijiste que no bebiera, pero no te escuché. ¿Por qué iba a estar enfadada contigo si fuiste maravilloso?

–Fui yo quien te desnudó.

–Gracias. Habría sido incomodísimo dormir vestida.

Stefan, que llevaba toda la vida desilusionando a mujeres sin tener que esforzarse, no daba crédito a que, intentándolo, fracasara. Decidió cambiar de táctica.

–Ha sido una noche muy excitante. Ahora conozco cada milímetro de tu cuerpo –susurró.

Ella, sin soltarle la mano, dio otro sorbo.

–¿De verdad?

–De verdad. Has sido muy generosa y atrevida para no tener ninguna experiencia. Tengo que admitir que me has sorprendido al proponerme que te atara –dijo Stefan, confiando en desconcertarla.

Pero Selene sonrió.

–Confío en ti. Siempre me parecerá bien lo que decidas.

La sencilla declaración elevó la tensión que Stefan sentía, a la vez que le provocó un intenso calor.

–*Theé mou*, creía que habías sido tan confiada porque estabas bebida, pero ya veo que no. ¿Qué hay que hacer para que seas más cauta?

–Sé serlo cuando es preciso. Pero contigo no lo necesito.

–Deberías estar enfadada.

–Y lo estoy conmigo misma por haber estropeado una noche mágica. Me advertiste que no bebiera, y podrías haberme dejado tirada en la playa a merced de quien quisiera aprovecharse de mí.

Stefan no daba crédito a sus oídos.

–Yo me he aprovechado he ti.

–¡Qué va! Soy yo quien debería disculparse por haber coqueteado contigo y luego quedarme inconsciente. Tú has sido considerado y me has cuidado. Has pasado la noche en vela, frustrado pero decidido a no tocarme porque va en contra de tus principios.

Stefan no salía de su asombro. ¿Nunca reaccionaba como podía esperarse?

—Selene, yo no tengo principios.

—Si eso es verdad, ¿por qué no ha habido sexo?

—¿Por qué estás segura de que no me he aprovechado de ti?

—Puede que sea inexperta, pero no estúpida. Y tú no me harías algo así porque me proteges.

Selene lo miró con una intensidad que inquietó a Stefan. En sus ojos intuyó lo que llevaba evitando toda su vida: profundidad. Había sido testigo de sus efectos y de hasta qué punto podía destrozar vidas.

—Deja de hablar de mí como si fuera un héroe.

—Cuidaste de mí y me llevaste a la cama para que no me pasara nada malo.

—A mi cama.

—Donde ni me has tocado.

La intensidad del deseo que Stefan sentía estuvo a punto de hacerle perder el control, y ya no supo si estaba protegiendo a Selene o si se protegía a sí mismo.

—Me he limitado a hacerte un favor.

—Y puesto que nunca haces favores, haces que me sienta especial —dijo Selene, mirándolo con una ternura que estuvo a punto de quebrarlo—. Tienes razón. Es mejor que me dé una ducha para despejarme —soltó la mano de Stefan, se levantó y fue hacia el cuarto de baño. Desnuda.

Debatiéndose entre arrastrarla de nuevo a la cama o cubrirla con una sábana, Stefan nunca tuvo más claro que la bondad era un sentimiento sobrevalorado.

–Deberías taparte.

–¿Para qué? Ya has visto todo lo que hay que ver.

El agua fresca de la ducha contribuyó a suavizar el dolor de cabeza de Selene, pero no evitó que se arrepintiera de haber estropeado la que debía de haber sido la mejor noche de su vida.

Cerró el grifo y alargó la mano hacia la toalla, pero chocó con puro músculo y al abrir los ojos tras quitarse el agua, lo que vio la dejó muda. Stefan estaba desnudo y en su expresión no había la menor delicadeza, solo pura y básica virilidad.

–Deberías haber echado el pestillo, Selene.

Su voz aterciopelada hizo que esta sintiera una contracción en el vientre.

–No me ha parecido necesario.

–¿No? –Stefan la tomó por la nuca y, mirándola fijamente, la atrajo hacia sí–. Vas a tener que aprender a protegerte.

–Sé hacerlo cuando debo.

De hecho, Selene no había hecho otra cosa en toda su vida.

Posó las manos en el pecho de Stefan y exploró sus músculos. La diferencia entre sus dos cuerpos le resultaba fascinante.

–¿Tienes miedo? –dijo él con voz ronca.

Ella, tras besarle el pecho, alzó la mirada y contestó:

–Estoy un poco nerviosa, pero jamás sentiría miedo contigo.

–¿Y si te dijera que debías tenerlo?

–No te escucharía. Confío en ti.

Stefan le retiró el húmedo cabello de la cara.

–Tienes un pelo espectacular. Pareces una sirena.

–¿Has conocido muchas?

–Tú eres la primera –Stefan inclinó la cabeza, y con los labios casi rozando los de ella, añadió–: Y, a no ser que quieras cambiar de opinión, yo voy a ser tu primer hombre.

Selene sintió el corazón latir violentamente en su pecho.

–Nunca he estado tan segura de querer algo.

–No puedo prometerte nada –dijo él, enredando los dedos en su cabello–. Es fácil que te haga llorar.

–Yo solo lloro de felicidad. No te preocupes. Te libero de toda responsabilidad. Es mi decisión.

Selene sintió el calor de la mano de Stefan en la parte baja de la espalda, aproximándola a él. Sintió su duro cuerpo y cerró los ojos. Ni siquiera en sus sueños la sensación era tan maravillosa como aquella.

–Puede que te haga daño –dijo él.

–Eso es imposible.

Stefan subió la mano hasta su cadera.

–Soy un desastre para las relaciones.

–Lo sé. No pretendo que tengamos una relación –dijo Selene. Y no mentía. Lo deseaba con todas sus fuerzas, y que él siguiera protegiéndola solo aumentaba su deseo–. Tengo una nueva vida por delante y no quiero que nada se interponga en mi camino.

–Estás loca. Deberías abofetearme.

–Stefan, por favor –Selene lo tomó por los brazos–. Te deseo. Siempre te he deseado.

Stefan había sido su sueño; su salvavidas en medio de las lúgubres noches de su vida anterior.

Su tono debió convencerlo, porque él la tomó en

brazos y la llevó hasta la cama. Ella se abrazó a su cuello, atrayéndolo hacia sí.

–Vamos a ir muy despacio –dijo él.

–No quiero que sea despacio.

–Si es preciso te ataré.

–Hazlo.

Stefan la miró con expresión velada.

–No deberías decir esas cosas.

–Solo te las digo a ti –dijo ella, y deslizó la mano por su cuerpo hasta rodear la parte de su anatomía que era nueva para ella.

Stefan contuvo el aliento mientras ella palpaba la piel de seda que cubría su miembro de acero. Al oír gemir a Stefan sintió un poder que le resultó embriagador. Tanto como saber que aquel hombre sexy y conquistador la deseaba. Su sueño finalmente se hacía realidad.

–Tienes que ir más despacio –dijo Stefan con voz ronca, sujetándole la mano–. Es tu primera vez.

–Pero estoy aprendiendo rápido.

–Demasiado rápido –Stefan se colocó sobre ella y la besó.

Al sentir su lengua, Selene notó una sacudida de calor que se asentó en su pelvis, y la sensación fue tan maravillosa que alzó las caderas para intensificar el contacto.

Stefan masculló algo y la apretó contra la cama.

–Eres preciosa –dijo.

Y sin dejarle responder continuó con la íntima exploración de su cuerpo a la vez que su sensual lengua la volvía loca. El deseo la atravesó cuando él empezó a juguetear lentamente con sus pezones, y comenzó a revolverse y arquearse, intentando liberarse de la tensión en la pelvis.

Nadie le había dicho nunca que fuera hermosa, pero Stefan lo repitió una y otra vez de palabra y con sus caricias, hasta que Selene dejó de pensar para solo sentir.

—Deja de moverte —masculló él—. No sabes lo difícil que me lo estás poniendo.

Si para él era difícil, para ella era una tortura, y cuando Selene sintió la mano de Stefan descender por su vientre, creyó que estallaría.

—Por favor —gimió, suplicante.

Stefan rio.

—Solo estamos empezando, *koukla mou*.

—Pero es que quiero que...

—Ya lo sé —dijo él con voz aterciopelada—, pero quiero lo mejor para ti. Déjame hacer.

Selene fue a replicar, pero al sentir la mano en el vértice de sus muslos se quedó muda. Los habilidosos dedos de Stefan se detuvieron un instante, atormentándola hasta que solo fue consciente de su incontenible deseo. Entonces él la tocó en aquel punto, y ella gimió, meciendo las caderas. Él retiró la mano.

—Todavía no. Deja de moverte.

—No puedo.

Stefan le tomó las manos y le hizo agarrarse a las barras del cabecero.

—Sujétate y no te sueltes hasta que te dé permiso.

Selene quería sentirlo todo: las manos de Stefan, su boca, su cuerpo.

—Por favor, Stefan —suplicó.

—No quiero hacerte daño.

—Por favor...

—Calla —dijo él, autoritario. Y le separó las piernas. Entonces Selene sintió su boca en ese sitio; su lengua dentro. Y cuando oyó a alguien gimiendo, reconoció su propia voz. Stefan la abrió más, exponiéndola a su tacto y a su mirada. Y la única concesión a su virginidad fue su paciencia. Con cada caricia de su lengua, el calor que abrasaba a Selene fue incrementándose, hasta que se agarró a las barras como si fueran su único asidero a la vida.

Casi sintió alivio cuando su cuerpo se estremeció por primera vez, pero Stefan se detuvo al instante.

–Todavía no –dijo con voz ronca–. Relájate.

Selene alzó las caderas contra su mano, pero él la retiró.

–Todavía no. Quiero estar dentro de ti cuando estalles. Quiero sentirte.

–Pues hazlo –suplicó ella–. Me estás volviendo loca.

–Qué impaciente –dijo él con una sensual sonrisa, enredando las piernas de Selene a su cintura–. Voy a torturarte de placer hasta que pierdas el sentido y me supliques.

–Ya lo estoy haciendo –dijo ella. Y al ver el fuego con el que refulgía la mirada de Stefan, se derritió–. Es culpa tuya. Me vuelves loca.

Stefan la besó.

–Esto solo es el principio –susurró. Y continuó besándola, explorando su boca, arrastrándola al límite.

Selene percibió que Stefan se separaba de ella levemente y buscaba algo en la mesilla.

Un segundo más tarde, Stefan hundió la mano en su cabello y susurró:

–Si te hago daño, dímelo –y le alzó las caderas con la otra mano.

Selene notó una resistencia inicial, pero estaba tan

húmeda y caliente que no tardó en estar lista para recibirlo. Cerró los ojos y contuvo el aliento esperando sentir dolor. Pero Stefan la penetró suavemente, con delicadeza, y la sensación de calidez y de plenitud que experimentó la tomó por sorpresa. Stefan se detuvo y la besó delicadamente.

—Relájate y abre los ojos. Quiero que me mires. Si te hago daño, quiero saberlo.

Selene abrió los ojos y lo miró con el corazón desbocado. Él siguió avanzando lentamente, hasta que finalmente se adentró en ella. Con la respiración entrecortada y expresión velada, susurró:

—Es maravilloso estar en tu interior. Dime que estás bien.

Pero Selene no podía hablar ni expresar lo que sentía. Solo pudo moverse, y en cuanto lo hizo, él dejó escapar un gemido.

—Deduzco que no te duele —susurró. Y la besó apasionadamente, frenéticamente, hasta que Selene solo fue consciente de la creciente tensión en su interior.

Cada embate de Stefan estaba destinado a obtener la máxima respuesta de ella y consiguió despertar un hambre voraz por él que borró cualquier rastro de racionalidad. Un calor abrasador se apoderó de ella a medida que él, con ritmo experto, la arrastró hasta lanzarla a un mundo desconocido en el que solo existían ellos, fundiéndose en uno. Un mundo en el que quedó atrapada en una interminable oleada de espasmos y de puro éxtasis que se apoderó de su cuerpo, arrastrando consigo a Stefan.

Fue el momento más perfecto de toda su vida.

Y cuando salió de aquella nube de intensidad erótica, Stefan la besó con delicadeza, rodó sobre el costado, arrastrándola consigo, y le acarició el cabello con mano temblorosa.

—Ha sido... increíble —dijo con voz ronca. Selene ocultó el rostro contra su hombro, y Stefan rio—. ¿Te escondes de mí? ¿Estás bien?

Ella alzó la cabeza y sonrió.

—Me siento maravillosamente. Es mejor que el champán.

Con ojos centelleantes, Stefan atrajo su rostro y la besó.

—Mucho mejor.

Todavía aturdida por la violencia de su reacción física, Selene cerró los ojos. Stefan le había hecho sentirse hermosa e irresistible, de una manera que jamás hubiera imaginado.

—Gracias por hacerme sentir especial —dijo, abrazándose a su cuello.

Stefan masculló algo en griego antes de apoyar su frente en la de ella y decir:

—Me declaro oficialmente adicto a tu cuerpo.

Selene sonrió.

—Y yo al tuyo.

—Me alegro. Así puedo romper una de mis reglas de oro y retenerte una noche más.

El comentario fue como un nubarrón que ocultara el sol, y Selene volvió bruscamente a la realidad.

—No puedo. Tengo que volver a casa.

—¿Por qué? Creía que querías demostrar tu independencia.

—Y así es. Por eso mismo he de volver a Antaxos.

Tenía que volver por su madre, pero se negaba a que la idea de volver a casa arruinara aquel mágico momento. Su mente invocó una imagen de sí misma viviendo con Stefan, su cuerpo enredado con el de él. Lo miró, preguntándose si él imaginaría lo mismo, pero su expresión era inescrutable.

–Tengo que volver a la isla antes de que lo haga mi padre y descubra que me he ido –dijo a modo de explicación.

–¿Quieres decir que está fuera? –preguntó Stefan, tensándose.

–Sí. Una vez al año pasa una semana en Creta. Por eso pude irme.

Selene no comprendía por qué estropeaban el momento hablando de su padre, ni por qué la actitud de Stefan parecía haber cambiado tan radicalmente.

–¿Pretendes volver y marcharte antes de que vuelva?

–Claro. ¿Por qué crees que acudí a ti vestida de monja? Él no me habría dejado salir de la isla. No sabes cuánto he tardado en planear todo esto.

–¿Y por qué vuelves? Quédate conmigo.

La invitación era tentadora.

–No puedo. Necesito algunas cosas... –Selene llevaba tanto tiempo fingiendo ante el mundo exterior que no fue capaz de decir toda la verdad–. Pero no tardaré. Tengo que irme antes de que él vuelva.

–¿Porque temes que te lo prohíba? Enfréntate a él –dijo Stefan con frialdad a la vez que se incorporaba–. Demuéstrale que eres una adulta y puede que te trate como tal.

Selene se incorporó a su vez.

–No conoces a mi padre.

–Sé que ser independiente significa asumir la responsabilidad de tus actos y defenderlos. No tienes por qué ocultarte de él. Dile que estás conmigo. Demuéstrale que no le temes.

Pero sí lo temía. Para no temerlo tendría que ser estúpida y no lo era.

Selene pensó en su madre y dijo:

–Todavía no puedo permitírmelo.

Se levantó y sintió que él la observaba mientras elegía uno de los vestidos que le había comprado.

–Vuelve a la cama. Te llevaré en mi avión a Antaxos más tarde, recogeremos lo que necesites y volveremos.

–Tengo que ir sola –dijo Selene. Y fue al cuarto de baño.

Se metió en la ducha y dejó que el agua se deslizase sobre su cuerpo. Cuando alargó la mano para tomar el jabón, se topó con la de Stefan, que se lo tendía.

–Huele a ti –dijo él.

Ella sonrió y se retiró el cabello de la cara a la vez que él deslizaba las manos por su cuerpo.

–Es uno de los tres que hago, a juego con las velas.

–Por lo menos ahora sabes algo más sobre la seducción –dijo él, besándole el cuello.

Ella cerró los ojos, pero en aquella ocasión la ansiedad la superó y no pudo relajarse. Separándose a su pesar de él, tomó una toalla.

–Tengo que irme.

De pronto tenía una nueva sensación de urgencia, como si solo terminando aquel episodio pudiera comenzar su nueva vida. La alegría burbujeaba bajo la angustia. Volvió al dormitorio y tomó el bonito vestido que había elegido, aunque podía oír la voz de su padre exigiéndole que se pusiera algo «más apropiado», que era demasiado corto, o demasiado llamativo...

Entonces se dio cuenta de que su padre ni siquiera iba a verla. A partir de aquel instante, su voz solo sería un murmullo en su cabeza. Ya no habría más peleas, porque era su última visita a Antaxos y él no estaría.

Stefan volvió al dormitorio con una toalla alrededor de la cintura y, para no distraerse, Selene buscó su bolso. Al oír una exclamación ahogada de Stefan, pensó que la despertaba su cuerpo desnudo y volvió la cabeza sonriendo con coquetería.

–*Theé mou,* ¿te he hecho yo eso? –Stefan llegó a ella en dos zancadas y tomándole los codos con delicadeza, exploró su espalda y luego sus brazos–. Tienes moretones y marcas de dedos.

Selene se separó de él y se puso el vestido.

–No es nada –dijo precipitadamente. No quería que Stefan lo supiera.

–Debías haberme avisado de que te hacía daño y habría parado –dijo Stefan, consternado.

–No me has hecho daño, de verdad –dijo ella, esquivando su mirada–. Me salen hematomas con facilidad –dándole la espalda, se hizo una cola de caballo–. Ahora tengo que irme. Voy a tomar el ferri a Poulos y allí las monjas me llevarán en barco.

–Yo te llevaré a Antaxos.

–¡No! Si alguien te ve puede que llame a mi padre, y no puedo arriesgarme a que sepa que me he ido. Debo adelantarme a él.

–Selene... –Stefan se pasó las manos por el cabello. Su tono y su expresión inquietaron a Selene–. Probablemente ya lo sabe.

–¿Por qué iba a saberlo? –dijo ella, a la vez que se ponía los zapatos–. Está con una de sus amantes y no volverá hasta dentro de seis días.

—Habrá visto las fotografías.

—¿Qué fotografías? —Selene miró a Stefan intentando acelerar su mente para comprender a qué se refería.

—Las que nos hicieron juntos.

—¿Alguien sacó fotografías? —preguntó Selene, alarmada—. Pero si estamos en tu casa y no había periodistas. Por favor, dime que bromeas.

—No bromeo.

—¡Dios mío! —Selene palideció. Sintió sus dedos enfriarse y vio de soslayo que Stefan la observaba con curiosidad.

—No entiendo por qué te preocupa tanto, cuando todo lo demás, el champán, dormir en mi cama, el sexo..., te han parecido bien —dijo él.

—Pero mi padre no sabe nada de todo eso —o al menos eso había creído Selene hasta ese momento.

—¿La nueva vida que quieres tener solo es posible si tu padre no lo sabe? El primer paso para la independencia es que le digas lo que me dijiste a mí. Después de todo, no quieres su dinero —dijo Stefan con expresión tensa y fría—. ¿Qué crees que va a hacer?

Selene sabía perfectamente lo que podía hacer y que no le temblaría la mano.

—¿Cómo sabes que hay fotografías? —preguntó Selene, rezando para que estuviera equivocado—. Muéstramelas.

Con gesto serio, Stefan tomó su móvil y entró en Internet. Tras pulsar la pantalla, aparecieron varias fotografías que causaron pánico en Selene

—¡Oh, Dios...! —susurró—. Somos nosotros, besándonos. Va a volverse loco. ¿Quién las tomó?

—Supongo que Carys —a Stefan no parecía preocu-

parle en lo más mínimo–. Escribe una columna de co-
tilleos, y la noticia era lo bastante golosa.

Selene reflexionó un instante.

–Sí es así, debías saber que sacarían fotografías.
Que todo el mundo acabaría sabiendo de mí. De-
biste.... –dejó la frase en suspensión hasta que su cerebro encontró la clave–. Un momento: Carys men-
cionó algo sobre lo maquiavélico que eras. Ahora lo
comprendo, ¡lo has hecho a propósito! Me invitaste a
la fiesta con el propósito de enfadar a mi padre.

–Te invité porque necesitaba una acompañante.

–¿Y porque querías molestar a mi padre?

Stefan miró a Selene con frialdad.

–Sí. Pero tú también sabías que lo enfurecería.

–Solo que no pensaba que se enteraría. Era fundamental que no lo supiera. ¿Por qué crees que vine disfrazada? –consciente de lo ingenua que había sido al
confiar en Stefan, Selene retrocedió, tambaleante–. Tú
y todo el mundo me habíais advertido sobre ti, pero
no quise escuchar. Creía que eras amable y considerado, pero lo único que pretendías era marcarle un
tanto a tu rival.

Stefan la miraba impasible.

–Esto no tiene nada que ver con negocios. Yo se-
paro las dos cosas –dijo.

Pero Selene ya no le creía. Había descubierto que
solo podía creer en sí misma.

–¿Qué clase de hombres eres?

–Un hombre que no teme enfrentarse a tu padre,
que es por lo que acudiste a mí. Soy la misma persona
que el día que entraste en mi despacho. Yo no tengo
la culpa de que en tu cabeza me hayas convertido en
una especie de dios.

–Tranquilo, ya no pienso eso –dijo Selene, despectiva–. No puedo creer lo que has hecho. Nunca imaginé algo tan espantoso.

Porque estaba sola; no tenía a quien acudir; nadie a quien le importara. Y mucho menos, al hombre que tenía ante sí.

–Te he hecho un favor. Tu padre se va a dar cuenta de que te tomas tu independencia en serio. Y antes de que me eches un sermón, quiero recordarte que fuiste tú quien vino a mí –dijo Stefan, imperturbable–. Ni te he secuestrado, ni te he forzado a hacer nada de lo que has hecho. Mi comportamiento ha sido impecable.

Al miedo y la rabia se sumó la humillación.

–Es verdad. Eres un santo –dijo Selene.

–Nunca he dicho que lo fuera. Fuiste tú quien se vistió de monja y vino a verme con unas expectativas absurdas.

Selene se quedó mirándolo en silencio, consciente de la verdad que había en sus palabras. La decisión de buscarlo había sido suya. Como la de beber champán, la de besarlo, la de acostarse con él...

Había ansiado desesperadamente tomar sus propias decisiones y se había equivocado. Se había sentido tan sola y angustiada que, en su mente, había convertido a Stefan en un ser perfecto. Y la verdad era un duro golpe. La había utilizado para provocar a su padre, pero era ella quien sufriría las consecuencias. Y su madre. Solo pensarlo hizo que le temblara todo el cuerpo.

–Tienes razón. A partir de ahora seré más cauta y evitaré a hombres como tú. Eso era lo que querías, ¿no?: que fuera más cínica. Pues ya lo soy.

Con gesto tenso, él dio un paso hacia adelante.

–Selene...

–No me toques. Solo me invitaste para provocarlo.

–No es verdad. Te invité porque eres preciosa y tu inocencia me resultó refrescante.

–Ya no soy inocente.

–Estás dramatizando las cosas. Esto va a jugar a tu favor. Cuando tu padre vea que vas en serio y que quieres montar tu propio negocio, te dejará ir –Stefan se encogió de hombros–. Te he hecho un favor. No tiene sentido rebelarse si nadie se entera.

–Te he dicho que esto no tiene nada que ver con la rebeldía –Selene apenas podía respirar mientras su mente repasaba frenéticamente las posibles consecuencias.

–Si consientes que tu padre te domine, no dejará de hacerlo.

–No tienes ni idea de lo que has hecho ni de las consecuencias que va a tener –entrando en acción, Selene recogió sus cosas y las metió precipitadamente en el bolso–. Tengo que irme ahora mismo. ¿Puedo tomar un ferri?

No sabía con qué tiempo contaba. Sentía tal pánico que no podía calcular cuándo habría visto su padre las fotografías.

Stefan juró entre dientes.

–Tienes que tranquilizarte.

–¿A qué hora se habrán publicado las fotografías?

Alguien las habría visto. Su padre era tan paranoico que tenía empleados revisando la prensa continuamente por si era mencionado. Alguien le habría informado de la existencia de las imágenes en Internet. Selene estaba segura de que ya las habría visto. Nada se escapaba de su control, y menos algo tan escandaloso.

–No entiendo por qué estás tan preocupada. Ya te he dicho que te daré el dinero. Podrás mantener tu nivel de vida sin ayuda de tu padre.

Todo el dinero del mundo no la salvaría ni a ella ni a su madre si no lograba sacarla de la isla.

–¿A qué hora? –preguntó de nuevo, fuera de sí.

Stefan miró la pantalla del móvil.

–Esta se subió a medianoche.

–¿A medianoche? –repitió ella. Hacía un siglo. Y entretanto, ella había estado en la cama, tan entusiasmada con la idea de tomar las riendas de su vida que no había pensado ni por un instante que pudiera estar tomando decisiones erróneas. El terror se apoderó de ella. Sintió náuseas–. Si mi padre las vio entonces... –quizá estaba llegando a la isla, donde su madre estaba sola y desprotegida–. Tengo que irme ahora mismo.

Stefan maldijo entre dientes y alargó las manos hacia ella, pero Selene se apartó de un salto.

–Aléjate de mí. No finjas que te importo –masculló–. No quiero que vuelvas a tocarme.

–Muy bien, no te tocaré –dijo él, en tensión–. Pero al menos escúchame: la manera de solucionar esto no es volver a casa apresuradamente, como una niña buena y obediente.

–No tienes ni idea de lo que has hecho.

–Como mucho, he irritado a tu padre y he reforzado la idea de que quieres ser independiente.

–Puede que me hayas quitado la posibilidad de serlo –dijo Selene con la garganta atenazada por las lágrimas. Si su padre llegaba antes que ella, su madre tendría demasiado miedo como para huir; perdería el valor, como tantas otras veces–. Quiero irme. Ya.

–Muy bien. Si eso es lo que quieres... Vuelve corriendo a casa. Está claro que ese es tu sitio, que eres una niña y no una mujer –dijo Stefan, su rostro convertido en una fría máscara. Abrió una caja fuerte oculta en la pared–. Te he prometido dinero y yo siempre cumplo mis promesas.

–¿Porque eres un gran tipo?

–No –Stefan hizo una mueca de desdén–. Llama a mi despacho si necesitas ayuda profesional –metió el dinero en el bolso de Selene y fue hacia la puerta–. Voy a organizar tu vuelta a casa.

Capítulo 6

STEFAN, me estás escuchando?

Stefan volvió la mirada desde la ventana hacia su abogado, Kostas.

–¿Disculpa?

–¿Has oído algo de lo que he dicho? Baxter ha accedido a todas nuestras condiciones. Llevamos un año trabajando en este acuerdo. Deberíamos celebrarlo.

Stefan no tenía ganas de celebraciones. Estaba preocupado por Selene.

¿Qué demonios le había llevado a acostarse con alguien tan inexperto como ella? Su dramática reacción a las fotografías le había hecho consciente de lo joven que era. Había dicho querer independizarse, pero luego le había aterrorizado que su padre se enterara.

Claramente sorprendido ante la falta de respuesta de su amigo, Kostas preguntó.

–¿No quieres que te cuente los detalles?

–No, para eso te pago un dineral.

¿Habría sido el sexo lo que causó aquella reacción? Recordar los hematomas le hizo revolverse en su asiento y sentirse culpable. Jamás había dejado marcas en una mujer.

Kostas guardó los documentos que había estado leyendo.

–¿Quieres verlo en persona?

–¿A quién?

Stefan llevaba horas intentado identificar en qué momento podía haberle hecho daño. Había sido muy cuidadoso. No recordaba haber sido lo bastante brusco como para dejarle aquellas feas marcas amarillentas.

Hematomas amarillos. Stefan frunció el ceño.

–¿Cuánto tiempo tarda un moretón en ponerse amarillo?

Su abogado lo miró sorprendido.

–¿Qué?

–¿Un hematoma reciente puede ser amarillo?

–No soy médico, pero yo diría que suele tardar una semana en pasar del morado al amarillo.

–*Theé mou.*

¿Cómo podía haber sido tan torpe? Con una urgencia rara en él, Stefan llamó a su piloto. Selene había partido ya rumbo a Poulos. Desde allí iba a tomar un barco a su casa.

Donde probablemente la esperaba su padre.

A Stefan no le cupo la menor duda de quién era responsable de aquellos hematomas. Por eso Selene había escapado de la isla. No solo quería ser independiente, sino que temía por su vida. Temía a su padre.

Los recuerdos los asaltaron, golpeándole en las entrañas.

«¿Por qué no vuelve ella a casa, papa?». «Porque no puede. Él no la deja. No le gusta perder».

La emoción que lo poseyó fue primaria y violenta.

¿Cómo podía haber estado tan ciego? Él, que debía saber mejor que nadie de lo que era capaz Stavros, había permitido que sus sentimientos sobre el pasado le impidieran ver el presente.

–No va a dejarla ir. No lo consentirá –masculló ante la atónita mirada de su abogado.

–¿De quién...?

–Tengo que ir por ella –Stefan estaba ya de pie y junto a la puerta antes de que Kostas terminara la pregunta–. Tengo que volar a Antaxos.

–No hay ningún lugar seguro para aterrizar en Antaxos. Tiene una costa muy peligrosa.

–Iré al yate y tomare el fueraborda –dijo Stefan, llamando y dando instrucciones al piloto. Kostas lo siguió fuera del despacho, hacia la escalera de acceso al helipuerto.

–¿Qué sucede? ¿Está relacionado con Selene Antaxos? –al ver la mirada que Stefan le dirigía, Kostas se encogió de hombros–. He visto las fotos en Internet. ¿A qué se deben las preguntas sobre los hematomas?

El tono de Kostas puso a Stefan en guardia.

–Puedo tener muchos defectos, pero te aseguro que no maltrato a las mujeres –dijo con frialdad, aunque en aquel momento se sentía responsable de haber herido a Selene psicológicamente y de haberla dejado en manos de alguien que sí podía hacerle daño físico.

Un escalofrío le recorrió la espalda al recordar las palabras de Selene: «No tienes ni idea de lo que has hecho». Pero lo que realmente tenía clavada en la mente era la expresión de angustia de su rostro.

Selene era una mujer que no podía ocultar sus emociones y en los dos días que habían estado juntos, Stefan habían descubierto un amplio repertorio de ellas. Había visto reflejados en su rostro inocencia, picardía, timidez, sorpresa, entusiasmo y felicidad. Por la mañana había visto una nueva que, hasta aquel mismo instante, no había interpretado adecuadamente: terror.

De pronto sintió que la camisa le apretaba el cuello y llamó a Takis, su jefe de seguridad, para que acudiera al helipuerto.

Kostas le tomó el brazo.

–No tengo ni idea de qué estás planeando, pero si está relacionado con Stavros Antaxos, te recomiendo que actúes con cautela.

–Gracias por el consejo, pero no lo necesito.

–Me has humillado con el hombre al que más odio en el mundo.

Selene permaneció erguida, aferrándose al bolso como si fuera un salvavidas mientras su padre daba rienda suelta a su furia. Sabía bien que no debía responder, que intentar argumentar no serviría de nada. Además, estaba enfadada consigo misma por haberse desviado del plan original y no haber vuelto a Antaxos de inmediato.

–¿Por qué has tenido que elegirlo a él? –preguntó su padre rezumando ira–. ¿Por qué?

–Porque es un hombre de negocios.

Porque había sido amable, y ella había sido tan estúpida como para convertirlo en un héroe y haber aceptado su invitación en lugar de preguntarse qué podía querer un hombre como él con una chica como ella.

–¿Y qué negocio tienes entre manos? –preguntó su padre, despectivo.

–Tengo una buena idea.

–¿Y por qué no me la has presentado a mí?

–Porque... –«porque la habrías aniquilado como cualquier cosa que amenaza con romper nuestra *familia ideal*», pensó Selene–. Porque quiero hacerlo por mi cuenta.

Y casi lo había conseguido. Solo pensar lo cerca que había estado de alcanzar la nueva vida que tanto ansiaba le hacía sentirse enferma.

—Ahora sabes que te ha utilizado para atacarme a mí, y solo tú tienes la culpa. Espero que estés avergonzada.

Selene cerró los ojos, recordando que se había sentido especial y hermosa, aunque hubiera acabado descubriendo que todo era una gran mentira, que Stefan solo la había usado para conseguir unas fotografías que la comprometieran. Nada de lo que había dicho o hecho era sincero, solo había querido marcarle un tanto a su padre. La había sacrificado en aras de su ambición personal.

—He cometido un error.

—Diremos que te forzó. Él es mucho más fuerte que tú y, dada tu inocencia, nadie lo cuestionará.

—¡No! —exclamó ella, horrorizada—. Eso no es lo que pasó.

—Da lo mismo. Lo que importa es lo que la gente piense que ha sucedido. Me niego a manchar la imagen de nuestra familia. Tengo que proteger mi reputación.

Eso era todo lo que le importaba a su padre: la imagen, no la realidad.

—También él tiene una reputación. Negaré esa acusación porque no es verdad.

La mera idea de que esa noticia apareciera en los periódicos la espantaba, y más aún porque se sentía culpable de no haberle aclarado que los hematomas no tenían nada que ver con él.

Su padre la observó con frialdad.

—¿Y qué más da cuál sea la verdad? Para cuando lo

demuestre, nadie recordará el papel que jugaste y solo serás la joven inocente de la que abusó.

–No –Selene alzó la barbilla–. No pienso hacerle eso. No mentiré.

Se produjo un silencio sepulcral.

–¿Estás diciendo que vas a desobedecerme?

Selene sintió un nudo en el estómago.

–No pienso hacerle eso –repitió.

Tenía dinero en el bolso. Si encontraba apaciguar a su padre todavía cabía la posibilidad de huir, de persuadir a su madre para que la acompañara. Quizá por la noche...

Su padre se detuvo frente a ella con los puños apretados.

–Si tanto te gustaba estar con él, ¿por qué has vuelto?

Selene sabía bien que era mejor no mencionar a su madre.

–Me fui porque quería pasarlo bien, sentirme libre, rebelarme –dijo, usando las erróneas suposiciones de Stefan–. Pero no quería abandonar ni mi hogar ni a mi familia.

Estuvo a punto de atragantarse, porque la palabra «familia», entendida como el vínculo entre sangre y amor, jamás podría describir la relación de su padre con su madre y con ella.

–Así que admites haberte portado mal –dijo él, abriendo y cerrando los puños–. ¿Reconoces que necesitas disciplina?

Recordar el dinero que tenía en el bolso dio fortaleza a Selene.

–Siento que mi comportamiento te haya disgustado.

–¿Qué llevas en el bolso?

Selene sintió que las piernas le flaqueaban.

–Ropa.

Su padre se lo quitó con tanta fuerza que casi le quemó los dedos.

Se llevó la mano a los labios y percibió el sabor a sangre. Aquel bolso contenía sus sueños, y vio como uno a uno iba haciéndose añicos, a medida que su padre lo vaciaba descuidadamente ante sus ojos.

Primero sacó el vestido rojo y lo rasgó de arriba a abajo. Tras tirarlo al suelo, sacó las velas y miró a Selene con una sonrisa sarcástica:

–¿Está es tu idea para un negocio? Supongo que se rio de ti.

–No –dijo Selene–. Pensó que era una buena idea.

–Porque con ello confiaba en humillarme. ¿De verdad crees que las velas son un negocio rentable? Me avergüenza que no hayas sido más creativa.

Dejó caer las velas con tanta violencia que los porta velas se rompieron. Luego sujetó en el aire el bolso, aparentemente vacío, mientras Selene rezaba para que creyera que lo estaba. Si descubría el dinero...

–Ya está todo –masculló ella–. No hay nada más.

Y en cuanto habló, supo que acababa de acusarse a sí misma.

Él la miró fijamente unos segundos y rebuscó dentro del bolso. Con las manos musculosas y rollizas con las que había convertido a su madre en una víctima, palmeó el bolso y abrió las cremalleras internas. Hasta que encontró el falso fondo y sacó el fajo de billetes que ella, a falta de una goma, había atado con un tanga.

Su padre dejó caer el tanga con asco.

–¿Te ha pagado este dinero para que te pusieras eso? –dijo con expresión asqueada.

–No, el dinero era un adelanto para... –balbuceó ella.

–Para pagarte a cambio de sexo –su padre dejó el bolso lentamente en el suelo; sus ojos centelleaban de ira –. Me repugnas.

–Me marcharé. Así no tendrás que verme nunca más.

Su padre rio con desdén.

–¿Marcharte? Ni lo sueñes. Nunca abandonarás esta familia, Selene. Deberías agradecer que esté dispuesto a acogerte bajo mi techo a pesar de haber estado con él.

–No voy a...

El golpe la tomó desprevenida y la proyectó contra la pared. El impacto que recibió en la cabeza le produjo tal dolor que creyó que le había estallado.

Cayó de rodillas. La boca le sabía a sangre. Se quedó inmóvil, aturdida. Y las palabras de su padre le produjeron náuseas.

–Estoy seguro de que tu madre sabía todo.

«Tu mujer», pensó Selene. «Tu esposa».

–No sabía nada. No se lo he contado –balbuceó.

Se llevó los dedos a los labios y se dio cuenta de que se los había mordido. Intentó ponerse en pie, pero las piernas le flaquearon y se quedó a cuatro patas, intentando ignorar el dolor que sentía.

–Cuando acabe contigo hablaré con ella y le arrancaré la verdad.

La amenaza implícita la impulsó a incorporarse sobre las rodillas.

–¡No te acerques a ella! Como vuelvas a tocarla –se tambaleó–, llamaré a la policía.

Su padre soltó una carcajada.

–Los dos sabemos lo que pasó la última vez que hiciste eso.

Aturdida, Selene miró al suelo sabiendo que, efectivamente, era inútil.

La policía no la había creído; o en cualquier caso, se había negado a intervenir. Su padre era encantador, poderoso y el dinero lo sacaba de cualquier situación incómoda. Inicialmente, Selene había dejado de creer en la justicia. Se había convencido de que estaba sola, hasta que una noche, en la oscuridad, llegó a la conclusión de que no necesitaba a nadie, que tendría que resolver sus problemas sola. Por eso era tan frustrante haber arruinado su única posibilidad de salvarse.

Stavros la rodeó y Selene supo que en cuanto acabara con ella empezaría con su madre. Notó algo afilado bajó la mano y, al mirar, vio que se trataba de uno de los trozos de cristal de los porta velas que se habían roto. Lo asió con cuidado para no cortarse. Y cuando su padre fue a propinarle el siguiente golpe, alzó el brazo y le cortó la muñeca.

Con un grito de dolor, él se tambaleó hacia atrás. Aunque no bastó para detenerlo, al menos lo ralentizó, y Selene aprovechó esos segundos para ponerse en pie, correr torpemente hasta la puerta y salir huyendo. Sabía que su padre iría tras ella, y eso era lo que pretendía. Solo así evitaría que fuera en busca de su madre.

Su única esperanza era que su furia se aplacara lo bastante como para que no las matara a ambas.

Stefan acercó el fueraborda a las rocas cuanto pudo. Había elegido la cara norte de la isla en la confianza de que las corrientes fueran menos violentas. Alcanzar la costa había requerido de toda su concentración y habilidad.

Apagó el motor mientras valoraba la distancia entre el barco y las rocas, y esperaba el momento oportuno aprovechando una bajada de las olas. Juzgando adecuadamente, saltó como una pantera y aterrizó a salvo. Luego hizo un gesto a su equipo para que se llevaran el barco.

Takis lo siguió. Su salto fue menos diestro y Stefan tuvo que sujetarlo para que no cayera al agua.

—Esto no está en la descripción de mi trabajo, jefe —masculló a la vez que recuperaba el equilibrio—. Podría haber elegido a una sencilla chica de Atenas en lugar de a una princesa consentida custodiada por un dragón. Trabajar con usted no es nunca aburrido.

Una princesa consentida. Stefan se sintió culpable. También él había pensado eso de Selene.

Como todo el mundo, se había dejado engañar por la imagen que el magnate proyectaba: el amante padre y esposo; la familia feliz. Pero había descubierto que la realidad era mucho más sombría. Casi tanto como la isla de Antaxos.

Miró hacia el sendero que llevaba desde el acantilado hasta la gris fortaleza que lo coronaba.

De pequeño había pasado horas pensando en aquel sitio, conjurando imágenes en las que asaltaba la costa, tal y como estaba haciendo en aquel momento. Pero entonces no tenía poder y eso había cambiado. Él mismo se había ocupado de ello. Desde el día en que su padre le había dado la espantosa noticia, había jurado, entre lágrimas, que alcanzaría el poder necesario para vengarse. Y al morir su padre, ese impulso había regido su vida.

Un ruido le hizo alzar la mirada. Cuatro hombres corpulentos, vestidos de negro, se aproximaban con el único propósito de proteger al dueño de la isla.

–Esta es una isla privada. No está permitido entrar a turistas –dijo uno de ellos al alcanzarlo.

Stefan se cuadró de hombros.

–No soy un turista y no pienso marcharme –al quitarse las gafas de sol, el hombre que había hablado lo reconoció y dio un paso atrás.

–Señor Ziakas, el señor Antaxos no recibe visitas –dijo, aunque en un tono más cauto. Los rumores sobre el pasado de Stefan Ziakas despertaban temor–. Tiene que marcharse.

–Me iré cuando encuentre a la chica. ¿Dónde está?

Los hombres intercambiaron una mirada nerviosa, y Stefan pasó de largo. El ruido que oyó a su espalda bastó para saber que Takis se había ocupado de ellos.

Con una sonrisa en los labios, avanzó por el sendero calculando cuál sería el lugar de más difícil acceso, aquel en el que Antaxos habría encerrado a su hija. Súbitamente, Selene saltó al sendero desde un lateral. Tenía el rostro y las manos ensangrentadas, y corría tan deprisa que estuvo a punto de chocar contra él y hacer que ambos rodaran. Stefan la detuvo sujetándola por los brazos. Tenía la mirada perdida, y Stefan vio que la sangre brotaba de un corte en la cabeza.

Stefan juró entre dientes y gritó a Takis para que llevara el botiquín del fueraborda. Luego acarició el cabello de Selene, quien por fin fijó la mirada en él.

–¿Qué haces aquí? –preguntó, intentando soltarse.

–Estate quieta. Vamos a caernos.

–Conozco bien el camino. He vivido aquí toda mi vida.

Y Stefan no quería pensar en qué condiciones.

–¿Te ha hecho él esto? –preguntó, conteniendo la ira a duras penas.

–Vete. Tú tienes la culpa de todo. ¿No era eso lo que querías, que viera las fotografías? Ya no puedes hacer más daño del que has hecho.

Stefan no se molestó en justificarse porque tenía otras prioridades. Examinó la herida de la cabeza y el tono azulado de uno de sus ojos.

–¿Ha sido él?

–Me he caído –mintió Selene.

Stefan pasó por alto la respuesta

–Nos vamos de aquí. Te voy a llevar conmigo.

Selene soltó una carcajada.

–Acudí a ti por ayuda y has conseguido empeorar las cosas. Creía que eras mi salvador –se le quebró la voz–. Ahora sé que eres un canalla, y no pienso dejarme utilizar en vuestra demencial disputa.

Stefan pensó lo inocente que era. Se había presentado ante él, hablando como una mujer madura, emprendedora, y él no se había molestado en escarbar bajo la superficie. Igual que el resto del mundo, había preferido creer en las apariencias, a pesar de que debía haber sabido la verdad mejor que nadie.

–Nunca he pretendido ser un héroe, pero voy a sacarte de aquí.

–Olvídalo, Stefan. He aprendido que solo puedo confiar en mí misma.

Stefan fue a responder, pero vio una figura corpulenta aproximarse torpemente por el sendero, y reconoció a Stavros Antaxos. Su rostro y su actitud parecían más la de un bulldog que la de un hombre.

Al llegar a su altura, se dirigió a Selene, ignorando a Stefan:

–No deberías haber corrido. Ya sabes lo torpe que eres –dijo en un tono de preocupación tan convincente que Stefan comprendió por qué llevaba tantos años engañando a la gente.

El estremecimiento que recorrió a Selene y que él notó gracias a que seguía sujetándola por los brazos, confirmó la falsedad de la actitud cálida y llena de ternura de Stavros.

Instintivamente, Stefan se interpuso entre ellos, y Stavros pareció verlo por primera vez.

–¡Ziakas! –exclamó. Y sus facciones se contrajeron en una fea mueca–. ¿Cómo te atreves a venir después de lo que has hecho? Has robado la inocencia a mi hija, convirtiéndola en una fulana. Y luego lo has publicado para humillarme.

Stefan se sintió cegado por la ira, pero antes de que contestara, Selene se adelantó.

–No es verdad. La inocencia me la robaste tú cuando dejaste de comportarte como un padre.

–¡He sido estricto contigo para protegerte de hombres sin escrúpulos! –rugió su padre.

–No –dijo Selene–. Solo querías controlarme. Pero se ha acabado. No pienso seguir fingiendo.

Stavros intentó dulcificar su gesto.

–Comprendo que te sientas mal, utilizada –dijo. Stefan vio que Selene titubeaba y Stavros también debió notarlo, porque continuó–: Este hombre te ha usado para atacarme, así que no creas que le importas.

–Ya lo sé –dijo ella, alzando al barbilla–. Y yo lo usé a él, así que los dos nos hemos beneficiado de alguna manera. Fue decisión mía acostarme con él.

Stavros se movió con una sorprendente agilidad para su corpulencia, pero Stefan detuvo el golpe y le propinó dos, uno en el estómago y otro en la barbilla, que lo lanzaron al suelo. El cuerpo de seguridad hizo ademán de acercarse, pero bastó una mirada de Stefan para detenerlos.

–¿De verdad queréis proteger a un hombre que pega a las mujeres? –al ver que titubeaban, se volvió hacia Stavros, que intentaba ponerse de pie–. Levántate –gritó Stefan. Y apenas reconoció su propia voz por la ira y el desprecio que destilaba.

–Stefan... –oyó que lo llamaba Selene. Pero estaba demasiado concentrado en su padre como para contestar.

–Me llevo a Selene. La has perdido. Me pondré en contacto con mis abogados y con la policía –sin ápice de compasión, observó a Stavros ponerse en pie torpemente–. Ve al barco. Takis te ayudará –ordenó a Selene.

Sabía que Stavros, herido y públicamente humillado, sería aún más peligroso de lo habitual, pero ante su sorpresa, pareció darse por vencido.

–Si quiere irse, que se vaya. Solo quiero lo mejor para ella. Pero que se atenga a las consecuencias.

Stefan frunció el ceño.

–Las consecuencias solo pueden ser buenas. Ve al barco, Selene.

Pero esta no se movió.

–No puedo –dijo, sin apartar la mirada de su padre. Al ver la expresión de sorpresa de Stefan, explicó–. Si me voy hará daño a mi madre. Es lo que hace cuando no le obedezco.

–¿Tu madre?

De pronto todas las piezas encajaron. Selene había querido escapar con su madre aprovechando la ausencia de su padre. Rebelarse o montar un negocio eran secundarios. Por eso necesitaba dinero: para huir de un brutal tirano.

—¿Dónde está tu madre? —preguntó Stefan.

—En su dormitorio.

Con un leve movimiento de cabeza, indicó a Takis que se acercara. Soltando a Selene a su pesar, le dijo:

—¿Tienes suficiente fuerza como para conducir a Takis hasta ella?

Pálida, Selene desvió la mirada hacia su padre y luego la volvió a él. La incertidumbre que reflejaba su rostro, como si no supiera en cuál de los dos confiar, inquietó a Stefan.

—Vamos. Id por ella —insistió, a la vez que le ataba un pañuelo alrededor de la cabeza para contener la sangre—. No te separes de Takis, y si te mareas, avísale.

Con una sorprendente ternura en un hombre de su fuerza y corpulencia, Takis tendió la mano a Selene y dijo:

—¿Cuál es el camino?

Stefan esperó a que no pudieran oírle para dirigirse a Stavros y decirle:

—Ya es hora de que tú y yo hablemos.

Capítulo 7

SELENE estaba junto a su madre en el salón del lujoso yate de Stefan.

Sabía que debía moverse, pero tenía todo el cuerpo dolorido. Cada vez que intentaba animarse, la realidad la aplastaba. No tenía nada, ni dinero, ni hogar, ni medios con los que sobrevivir. Y lo curioso era que nada de eso la deprimía tanto como saber que Stefan la había utilizado para sus propios fines.

Tras lo que había sucedido, no lo consideraba mejor que su padre.

Estaba sumida en sus oscuros pensamientos cuando se abrió la puerta y apareció Stefan, vestido informalmente con una camisa ceñida que remarcaba sus músculos. Selene trató de ignorar el deseo que le contrajo el vientre, y dejó que la ira la dominara.

¿Cómo se atrevía a plantarse allí, como si no pasara nada, cuando le había destrozado la vida?

Selene salió con él y cerró la puerta a su espalda para no perturbar a su madre. Como no soportaba estar en un lugar cerrado con él, ascendió la escalerilla que llevaba a la cubierta. Con alivio, comprobó que Antaxos se había perdido en el horizonte, y confió en no tener que volver nunca.

—Tenemos que hablar —dijo Stefan—. Pero antes quiero que te vea el médico.

–No me hace falta –dijo Selene, tan furiosa que apenas podía hablar–. Quizá debías ir tú. Para hacer lo que has hecho debes estar loco.

Stefan la miró perplejo.

–Pero si te he salvado...

–Me has salvado de una situación que creaste tú mismo –dijo ella, alzando la voz.

El desconcierto de Stefan fue en aumento.

–¿Estás enfadada conmigo?

–No, estoy furiosa.

–Pues ya somos dos –dijo Stefan a su vez–. Pero antes de hablar, quiero que te vea el médico. ¿Te duele la cabeza? ¿Tienes visión borrosa?

–Veo perfectamente, Stefanos, y te aseguro que no me gusta nada lo que tengo delante.

Stefan apretó los dientes.

–Quiero que te inspeccione un profesional.

–¿Necesitas que un profesional te diga que estoy furiosa? Eres aún más insensible de lo que creía.

–Has recibido un fuerte golpe y deben mirártelo.

–¿Por qué? ¿Tanto te importa mi bienestar? ¿O es que no has culminado tu plan? ¿Qué quieres que haga ahora, bailar desnuda en la televisión nacional? –Selene sintió una profunda satisfacción al ver que conseguía incomodarlo–. Me utilizaste. Lo planeaste todo: el champán, el vestido, el sexo para conseguir las fotografías.

–No es verdad.

–Por eso me has rescatado, ¿verdad? Para asestar otro golpe a mi padre.

Stefan la miró indignado.

–Deja de inventarte teorías de la conspiración. Nada de esto habría pasado si le hubieras dicho a alguien que tu padre era una maltratador.

–Lo intenté, pero no me creyó nadie; recuerda que somos una familia feliz. Mi padre es un pilar de la sociedad, un filántropo... –Selene hizo una mueca–. ¿Sabes que hasta apoya una asociación para mujeres maltratadas? –preguntó con sarcasmo–. Una vez llamé a la policía.

–¿Y?

–Les dijo que estaba pasando un periodo difícil y le creyeron –Selene se encogió de hombros–. O tal vez no, pero les dio miedo arriesgarse a detenerlo. El resultado fue que las cosas empeoraron aún más para mi madre y para mí.

Stefan asió la barandilla del yate con tanta fuerza que se le pusieron blancos los nudillos.

–Me diste a entender que yo te había hecho los hematomas –dijo con una amargura que sorprendió a Selene–. Pensé que te había hecho daño.

Selene sintió una punzada de culpabilidad. Desconcertada por el cambio de tema, observó la tensión en Stefan y de pronto volvió a verse en su cama, desnuda, vulnerable.

–No-no sabía qué decir...

–La verdad hubiera estado bien. Pensé que te había tratado con demasiada brusquedad, pero por más vueltas que le daba, no podía recordar cuándo ni cómo.

–No pensé que fuera a afectarte tanto.

–¿Por qué? ¿Crees que todos los hombres maltratan a las mujeres? –preguntó Stefan, sombrío.

Selene negó con la cabeza.

–No. Solo pensaba en mi madre. Si te hubiera dicho la verdad no me habrías creído, o habrías intentado detenerme.

–O te habría ayudado. Si en lugar de proponerme

un negocio me hubieras dicho que querías huir de tu padre, ahora no estaríamos aquí. Si en lugar de hacerme creer que te había hecho daño...

—Me hiciste daño —dijo Selene, recordando que todo lo que había sucedido entre ellos era mentira—. Creía que eras un héroe. Me trataste bien cuando mi vida familiar era un infierno, y desde aquella noche, cada vez que sufría, pensaba en ti como mi salvador.

—Selene... —empezó él con la respiración agitada.

—Y cuando finalmente tracé el plan de huida, tú eras una pieza fundamental. Me preparé para todas las contingencias. Había hecho un estudio de mercado y sabía cómo ganar dinero. Pensé en todos los detalles, excepto en la posibilidad de que me utilizaras como un peón en tu estúpida rivalidad empresarial —Selene sintió que se mareaba.

Stefan la miró con preocupación y alargó la mano hacia ella, pero Selene retrocedió instintivamente.

—No me toques —dijo con voz ronca—. No vuelvas a tocarme en tu vida. Puede que no me hicieras daño físico, pero me has herido más de lo que lo haya hecho nunca mi padre.

—Estás sangrando —dijo él, escrutando su rostro.

—Me alegro. Ojalá te manche el barco.

—¡Eres la mujer más testaruda que conozco! Deja que al menos te cambie el vendaje antes de seguir hablando.

—No. Esta conversación ha terminado —Selene desvió la mirada para no dejarse engañar por aquel adorable rostro que la había arrastrado a la perdición—. Solo quiero que me dejes en el puerto más próximo.

—No pienso dejarte en ninguna parte. Tu padre ha sido arrestado y va a ser imputado, pero lo más probable es que salga en libertad. Como bien dices, tiene amigos poderosos. Así que, digas lo que digas, vas a permanecer conmigo.

El día anterior Selene habría creído que Stefan la quería a su lado, pero ya no podía engañarla.

–Si pretendes usarme para chantajear a mi padre, no te servirá de nada.

–No es eso lo que pretendo.

–No, claro. Tú nunca me utilizarías, ¿verdad, Stefan?

–Selene...

–Solo para que lo sepas: a mi padre le daría lo mismo que tiraras mi cadáver por la borda –la emoción atenazó la garganta de Selene–. Nunca me ha querido.

Parpadeó para contener las lágrimas que amenazaban con brotar de sus ojos, pero fue demasiado tarde. Stefan se acercó a ella y le tomó el rostro entre las manos.

–Si eso es cierto, lo mejor que puedes hacer es reconstruir tu vida lejos de él. Prometo ayudarte.

La dulzura con la que Stefan habló estuvo a punto de vencer la resistencia de Selene.

–No, gracias. A partir de ahora, no recurriré a nadie por ayuda.

–Piensa en tu situación. No tienes dónde ir.

Saber que Stefan tenía razón solo contribuyó a angustiarla.

–Preferiría que me comieran los tiburones a quedarme contigo en este barco.

–Aquí no hay tiburones.

–¿Te estás burlando de mí? –preguntó Selene, indignada.

–No. Solo quiero evitar que tomes una decisión precipitada e irracional.

–¿Y ahora me insultas?

–Deja de tergiversar mis palabras. Tienes que pensar en el futuro. Estoy dispuesto a acogeros temporalmente en mi casa a tu madre y a ti –dijo Stefan, añadiendo a continuación–: Hasta que encontréis un lugar adecuado.

La coletilla hizo reír a Selene.

–Casi me tienta decirte que sí. Te merecerías acabar viviendo con una mujer y con su madre. Pero no te preocupes, no se me ocurre nada peor que vivir bajo tu mismo techo.

Stefan apretó los dientes.

–Será mejor que dejemos de hablar antes de que digas algo de lo que te arrepientas.

–Sé muy bien lo que digo.

–Estoy intentando ayudarte.

–Tú me enseñaste a ser cauta –dijo ella, mirando aquellos ojos oscuros capaces de hipnotizarla–. No quiero volver a verte en toda mi vida.

Stefan se sirvió un whisky y lo bebió de un trago. Mientras había permanecido en la isla, había controlado sus emociones, pero en aquel momento, recordar a Selene teñida de sangre le cortó la respiración.

Y ella creía que lo que había entre su padre y él no era más que una rivalidad empresarial...

Al oír que Takis lo llamaba, se dio cuenta de que había perdido la noción del tiempo.

–¿Sí? –contestó, dándole la espalda para ocultar lo turbado que se sentía.

Tras una breve pausa, Takis dijo:

–La chica y su madre se han ido.

–¿Cómo que se han ido? –preguntó Stefan, sorprendiéndose de ser capaz de sonar tranquilo.

–Han desembarcado.

–¿Cómo? ¿Nadando?

–Hemos atracado hace veinte minutos, jefe –dijo Takis.

Stefan se volvió y descubrió, atónito, que habían llegado a puerto.

–¿Cómo pueden haberse ido?

–Nadie las vigilaba, jefe.

Stefan hizo girar los hombros para descargar tensión.

–Quieres decir que dos mujeres, una de ellas extremadamente débil, se han marchado sin que nadie de mi equipo de seguridad se haya percatado?

–Eso parece. Asumo la responsabilidad –dijo Takis, avergonzado–. Puede despedirme. No pensé que fueran a irse. He subestimado la determinación de Selene.

–Tú no tienes toda la culpa –dijo Stefan, desviando la mirada hacia la ventana, consciente de que él era tan culpable o más.

En lugar de ser comprensivo y de convencerla de que podía confiar en él, se había mostrado airado, y no se había molestado en aclararle que ella no tenía nada que ver con su enfado.

No le extrañaba que hubiera huido.

Ya había tenido suficientes hombres agresivos en su vida.

Takis carraspeó:

–He organizado un equipo para buscarla, señor. Y he hecho algunas llamadas. Las encontraremos.

Stefan tenía conexiones con las autoridades y la

policía de Atenas, pero también las tenía su enemigo. Y el objetivo de este era recuperar a su esposa y a su hija.

—¿Se le ocurre dónde puede haber ido? —preguntó Takis.

Stefan se puso en tensión al pensar que Selene había dejado la isla con las manos vacías, que no tenía cómo protegerse, ni a dónde ir. Pensar en lo que podía sucederle en manos de algún hombre sin escrúpulos hizo que estallara en sudor. Una sola palabra salió de sus labios:

—Encuéntrala.

Capítulo 8

TRES semanas más tarde, Selene hacía equilibrios para llevar tres platos en una *taverna* del laberinto de calles próximo a la Acrópolis, cuando oyó un ruido a su espalda.

–Lena, mira a ese tipo –le susurró Mariana, la camarera que había convencido al dueño para que diera un trabajo a Selene cuando esta se presentó allí tras huir del yate de Stefan–. Hay un hombre espectacular. Debería llevar incorporado el aire acondicionado.

Selene mantuvo la atención en llevar los platos a las mesas correspondientes.

–Dos *musakas*, un *sofrito* y un *kleftiko* –anunció. Estaba demasiado preocupada con no cometer ningún error como para prestar atención al hombre que despertaba tanta admiración–. ¿Desean algo más?

–Sí, a ese hombre tan sexy de la mesa de detrás de ti –musitó la clienta, mirando en la dirección indicada–. Si son todos así, voy a mudarme a Atenas.

–Eso mejoraría la economía local –dijo Selene, retirando los vasos vacíos. El primer día de trabajo se le había caído una bandeja, pero no había cometido más errores. Lo fundamental era concentrarse y no cargarlas en exceso–. ¿Disfrutaron de la visita a Delphi? –lo que más le gustaba del trabajo era charlar con los turistas, especialmente con aquellos que repetían. Y el

anonimato del que jamás antes había disfrutado–. Yo
quiero ir en mi próximo día libre.

–Seguimos su consejo y fuimos temprano.

–Me alegro de que lo pasaran bien –dijo Selene,
sonriendo.

–Así es. Y hablando de pasarlo bien... –dijo la mujer, mirando por encima de las gafas de sol–, ese hombre hace que desee ser soltera. Si quiere compañía, dí-
gale que venga.

Una perturbadora intuición hizo que Selene se volviera.

Stefan estaba en una mesa al fondo del comedor. Incluso en ropa informal tenía un aura de riqueza y poder,
pero lo que atraía a las mujeres era su magnetismo sexual, que atrapaba a las mujeres como un imán al hie-
rro, sin hacer el menor esfuerzo. O quizá era esa apa-
rente indiferencia lo que lo hacía tan atractivo. Todas
las mujeres ansiaban captar la atención de un hombre
que parecía inaccesible; todas se preguntaban cómo sería pasar una noche con él.

Y ella sí lo sabía.

La mirada de Stefan se clavó en ella y Selene sintió
que el cuerpo le ardía. Una corriente de una intensidad
primaria se transmitió entre ellos, y el recuerdo de las
horas que habían pasado juntos la golpeó con fuerza.
Para contrarrestarla, se recordó que nada había sido
real.

–*Kalimera.*

Selene estuvo a punto de dejar caer la bandeja. En
lugar de desear abofetearlo, tal y como hubiera querido, lo único que se le pasó por la cabeza fue arran-
carle la camisa y exponer al hombre que había debajo.
Superficialmente parecía educado y elegante, pero se

trataba de un hombre sin escrúpulos, que se movía por sus propios intereses sin importarle hacer daño para conseguir sus objetivos. En su caso, para provocar a su padre. Pero a pesar de todo y de sus esfuerzos por mirar en otra dirección, los oscuros ojos de Stefan la atraparon como un lazo invisible.

–¿Qué haces aquí? –preguntó con la respiración agitada.

–Tomar algo tras un día de mucho trabajo –contestó él, aparentemente relajado.

–¿Y por qué tenías que elegir esta *taverna*?

–Ya sabes por qué.

¿Por qué se habría molestado en localizarla?

Selene sentía que los observaban, y que su jefe parecía contrariado.

–¿Qué quieres tomar? –preguntó, recordando que no podía arriesgarse a perder el trabajo.

–Un café –dijo él en un tono innecesariamente íntimo–. Me gusta cómo te queda el pelo corto. Se te ve más la cara.

Desconcertada por el cumplido, Selene se llevó la mano al cabello.

Se lo había cortado ella misma, con unas tijeras mal afiladas y un espejo pequeño. Con cada mechón que caía al suelo, se fue convirtiendo en Lena. Y cuando concluyó, tiró el montón de cabello dorado a la basura. Fue la primea medida que tomó para comenzar una nueva vida. La segunda, conseguir un trabajo.

–¿Qué quieres, Stefan?

–No necesitabas cortártelo. No tienes por qué esconderte.

Selene se asustó y miró hacia atrás de soslayo, confiando en que nadie los oyera.

–No estoy escondiéndome. Trabajo en un restaurante a plena luz del día y tengo que tomar tu pedido.

–Pretendes no llamar la atención. Te has cortado el pelo. Estás nerviosa. Yo puedo protegerte.

Selene sintió un hormigueo en el estómago.

–Demasiado tarde. Ya no creo en los héroes.

–¿Tampoco en la posibilidad de que un hombre cometa un error?

Selene no quería escucharle. Stefan era un maestro de la manipulación, y temía que pudiera convencerla de cualquier cosa.

–Te traeré un café.

–¿A qué hora acabas?

–Da lo mismo. No quiero que vuelvas. Llamas demasiado la atención.

Selene sentía el corazón golpearle el pecho. La idea de que su padre pudiera localizarla le aterraba.

–No dejaré que te haga daño –dijo Stefan, leyéndole el pensamiento.

–Tú fuiste la causa de que me hiciera daño la última vez, y puede que me localice gracias a ti.

Stefan alargó la mano y tomó la de ella.

–He dicho que no consentiré que te haga daño.

–¿Y cómo piensas detenerlo? Gracias, pero prefiero depender de mí misma.

–La policía lo dejó libre después de interrogarlo. No hemos dejado de vigilarte durante estas tres semanas.

Selene retiró la mano bruscamente, indignada.

–¿Qué quieres decir?

–Tenía que protegerte. Como bien dices, mi comportamiento te ha puesto en peligro. Lo menos que podía hacer era asegurarme de que no volvía a tocarte.

–¿Me has estado siguiendo?

Selene sintió un sudor frío. Si Stefan la había hecho seguir y no lo había notado a pesar de estar alerta, cualquier otro podría hacerlo. Miró a su alrededor, pero nadie despertó sus sospechas.

–Son demasiado profesionales como para que te dieras cuenta, así que no te castigues por no haberlos identificado –dijo Stefan.

–He estado alerta.

–Takis emplea a los mejores.

Takis. Selene recordó lo amable y atento que había sido con su madre y con ella. Suspiró.

–Me cae muy bien.

–También yo elijo a los mejores. Como te he dicho: no tienes de qué preocuparte.

–No estoy preocupada y no quiero que interfieras en mis asuntos.

–Me acusaste de ponerte en peligro. Tengo derecho a rectificar –dijo Stefan.

Mantenían un tono tranquilo y casual. Nadie que los observara podría intuir la seriedad del asunto que trataban.

–Si quieres que esté a salvo, lo mejor que puedes hacer es alejarte de mí.

–Lo hablaremos durante la cena, Selene.

–Ni hablar.

–La noche que compartimos lo pasamos maravillosamente, Selene –Stefan pareció titubear–. Quiero volver a verte.

Selene contuvo la respiración, rezando para que nadie hubiera oído aquel comentario.

–Esa noche me destrozó la vida. Y me llamo Lena. Enseguida vuelvo con el café –dijo. Y al separarse de la mesa de Stefan chocó contra la de detrás.

Las palabras de Stefan habían invocado perturbadoras imágenes que llevaba semanas tratando de olvidar. Volvió hacia la barra intentando disimular el temblor que la sacudía y rezando para que nadie lo notara.

–¿Va todo bien? –Mariana se acercó a ella–. ¡Qué calor hace!

Un ruidoso grupo de hombres ocupó la mesa más próxima y Selene fue a atenderlos, pero Mariana se adelantó.

–Ya me ocupo yo. Parece que han bebido más de la cuenta.

–Puedo manejarlos sin problema –dijo Selene, frunciendo el ceño.

–Tú atiende a Ziakas. Es más importante. Hay mucha gente a la que le gustaría que dejara su compañía y dirigiera el país. Así se resolverían nuestros problemas. No hay más que mirarlo para saber que no hay nada que no sepa hacer.

Selene la observó unos segundos, y súbitamente se preguntó cómo había sido tan estúpida.

–Trabajas para él –dijo en tono acusatorio–. Tú eres quien me ha estado espiando.

Mariana titubeó antes de encogerse de hombros.

–Soy una de varios. No vale la pena guardar el secreto. Si un hombre se tomara tantas molestias por mí, querría saberlo. Está claro que te adora.

–Creía que éramos amigas

–Y lo somos. Que sea experta en lucha cuerpo a cuerpo no quiere decir que no pueda tener amigas.

–¿Quieres decir que eres...? –Selene sintió que la cabeza le daba vueltas.

–Pertenecí al ejército. Pero también sé hacer unos capuchinos espectaculares.

Con los labios apretados, Selene tomó el café de la barra y se lo pasó a Mariana.

—Ya que es tu jefe, sírvele tú.

—Técnicamente, trabajo para Takis. No entiendo por qué estás enfadada –dijo Mariana, mirándola con curiosidad–. Solo le ha faltado contratar a los marines para mantenerte a salvo. Si un hombre así se preocupara por mí, no me quejaría. Desafortunadamente, yo solo atraigo a perdedores, y en cuanto saben que puedo romperles el brazo, se asustan.

—No se preocupa por mí.

—¿Crees que solo lo hace para divertirse? Lo dudo –dijo Mariana, poniendo una cucharilla en el plato–. ¿Por qué no sales con él un par de veces y disfrutas de su cuenta corriente?

—El problema de los hombres ricos es que creen que pueden hacer contigo lo que quieran –dijo Selene, en tensión.

Mariana miró hacia Stefan.

—Yo le dejaría hacer lo que quisiera conmigo. Pero me temo que solo tiene ojos para ti. ¿De verdad que no vas a hacer nada al respecto?

—Así es. Otra cosa: ¿tuvo algo que ver con que consiguiera este trabajo?

Mariana hizo una mueca.

—Yo...

—Genial. Así que ni siquiera lo conseguí por mí misma –furiosa, Selene fue hacia la mesa del grupo de hombres con paso firme–. ¿Qué desean?

Eran bulliciosos pero de buen carácter, y aquella era su tercera visita al restaurante.

—Hola, Lena –dijo uno de ellos, guiñándole un ojo–. ¿Cuál es el plato especial?

Ella se lo dijo a la vez que les daba los menús y tomaba nota de las bebidas, al tiempo que esquivaba la mano que uno de ellos intentaba ponerle en el trasero.

—Les recomiendo el cordero.

—Luego vamos a ir de copas, ¿quieres acompañarnos?

—Gracias, pero estaré demasiado cansada —Selene estaba acostumbrada a rechazar invitaciones y sabía hacerlo manteniendo la sonrisa, aunque en aquella ocasión era plenamente consciente de que Stefan no le quitaba ojo de encima.

Él recibió el café de Mariana sin inmutarse y siguió observándola. Selene se preguntó quién más la estaba observando, y la idea de estar rodeada de espías la angustió.

Súbitamente, tomó una decisión. Fue hacia el bar, que no se veía desde el comedor, sonrió al dueño con expresión frágil y le dijo que no se encontraba bien. Después de todo, ni siquiera aquel trabajo era real. Solo lo tenía porque Ziakas había dado las instrucciones precisas.

Entró en el cuarto de baño, abrió la ventana, trepó y salió por ella a la calle. Sacudiéndose el polvo, pensó con satisfacción que al menos tenía en sus manos complicarle las cosas. No dudaba de que pudiera volver a localizarla, pero no sería sin multiplicar sus esfuerzos.

Con el corazón desbocado, caminó apresuradamente hacia la pequeña habitación que tenía alquilada, volviéndose constantemente para asegurarse de que no la seguían.

Cuando ya creía haber tenido éxito, una mano masculina se posó en su hombro. Aterrorizada con la posibilidad de que fuera su padre o uno de sus hombres, Selene se volvió lanzando el brazo, pero Stefan se lo sujetó.

–Tranquila. Soy yo –dijo, consternado–. Pero podría haber sido otro. ¿Por qué te empeñas en que no pueda protegerte?

–Llevo toda la vida siendo espiada y quiero escapar.

–Te ofrecí mi protección y tú has elegido trabajar en un tugurio, aguantando a tipejos en bermudas.

–¿Y qué eres tú, Stefan, un tipejo en un traje caro? Al menos ellos son honestos –todavía sacudida por el pánico que había sentido cuando Stefan la había detenido, se apoyó en una pared–. Ni siquiera comprendo qué haces aquí. Ya te he servido para lo que querías, y los dos sabemos que tú no te relacionas con nadie que no tenga algún uso.

–¿Desde cuándo eres tan cínica?

–Desde que descubrí que eras un frío y calculador megalómano sin ninguna cualidad que te redima. Y ahora, si no te importa, voy a...

–No.

Stefan colocó los brazos a ambos lados de ella, atrapándola. Ella lo empujó con fuerza.

–¡No se te ocurra volver a arrinconarme!

–Pues no huyas –dijo él, aunque bajó uno de los brazos. Aun así, estaba tan cerca de ella, que Selene no habría podido moverse–. No te invité a la fiesta por tu padre, sino porque pensé que eras dulce y sexy, y quería pasar tiempo contigo.

–No quiero hablar de eso, Stefan. Es demasiado tarde.

–Los periodistas me fotografían constantemente.

Es tan habitual que ni siquiera me lo planteé. Si me hubieras explicado lo importante que era que tu padre no lo supiera, habría tomado medidas.

–¿No te dio ninguna pista que apareciera en tu despacho disfrazada?

–Me dijiste que tu padre no aprobaba tus planes y no tuve motivo para cuestionármelo.

–Pero sabías que quería mantener mi visita en secreto.

–No lo pensé. Hay una gran diferencia entre un padre autoritario y un maltratador. Creí que querías dejar una marca en el mundo; no sabía que él las estuviera dejando en ti –Stefan hizo una breve pausa–. Deberías habérmelo dicho.

–Aparte del fallido intento de contactar con la policía, no se lo había dicho nunca a nadie.

–Pero compartiste conmigo algo más que tampoco habías compartido antes –Stefan le acarició la mejilla delicadamente–. Podías haber confiado en mí, Selene.

Ella sintió su cuerpo responder al instante y supo que Stefan representaba su mayor amenaza.

–¿Quieres decir que yo tengo la culpa de lo que pasó?

–No, la tengo yo –dijo Stefan, dejando caer la mano–. Y te pido disculpas por no haber previsto el peligro que podían significar las fotografías.

Su pierna rozó la de Selene y esta sintió que se le nublaba la mente. Para evitar el contacto se apretó contra la pared.

–Ya da lo mismo. He dado un paso adelante.

–Sin mí –dijo él con dulzura–, y no es eso lo que quiero. Tu madre parece estar bien.

–Así es. Se ha instalado con la comunidad de artis-

tas que solía frecuentar cuando llegó a Atenas de adolescente. Está pintando, y recupera su autoestima pro-
gresivamente. Es maravilloso verla bien después de...
–Selene calló bruscamente, abriendo los ojos desme-
suradamente–. Un momento, ¿cómo sabes que está
bien? ¿También la espías a ella?

–Por supuesto. Al contrario que tú, ella agradece
ser protegida. Le ha permitido relajarse y disfrutar de
su nueva vida con sus viejos amigos.

Selene suspiró.

–Está bien, puede que te agradezca que cuides de
ella, pero eso no cambia lo que pienso de ti.

–No te pega ser tan cínica, *koukla mou*. Tú no eres
así.

–He cambiado gracias a ti.

–Dudo que te hayas transformado en cuestión de
semanas. Eras la persona más espontánea y confiada
que he conocido en mi vida.

–Quieres decir que era idiota.

Stefan frunció el ceño.

–No –respiró profundamente–. Admito que tenemos que superar numerosos obstáculos, pero va a ser
imposible si mi principal preocupación es tu seguridad. Quiero que vengas a vivir a mi casa aunque sea
temporalmente.

La propuesta le resultó tan tentadora que Selene se
asustó.

–No, gracias.

–No quiero que vivas sola.

–Yo, sí. He vivido tanto tiempo bajo las normas de
mi padre que ahora quiero disfrutar de mi libertad y
hacer lo que quiero. Puedo ponerme lo que quieras,
salir con quien quiera, ser quien quiero ser.

–¿Y quién quieres ser?

–Yo misma –dijo Selene tras una pausa–, y no quien los demás quieren que sea.

–¿Y si te preguntara a ti, a la verdadera Selene, si quieres cenar conmigo, qué dirías?

Selene tragó saliva, consciente de hasta qué punto la turbaba estar tan cerca de Stefan; y lo que más la inquietaba era la facilidad con la que perdía el sentido común en su presencia.

–¿Por qué te molestas? ¿Por qué insistes tanto?

–Cuando quiero algo, hago lo posible por conseguirlo. Soy así.

–¿Y soy yo lo que quieres? Vamos, Stefan, solo pasamos una noche juntos, y ya represento tu relación más duradera.

–Y yo soy la única relación que has tenido en tu vida –dijo él, mirándola fijamente–. ¿Pretendes que crea que no piensas en ello, que no lo recuerdas?

Una llamarada de calor recorrió el cuerpo de Selene.

–Intento no pensar en ello para no recordar cómo me utilizaste en contra de mi padre.

Un nervio se disparó en la sien de Stefan.

–¿No me crees cuando te digo que no fue premeditado?

–No –dijo Selene. No estaba dispuesta a ser tan crédula–. Creo que solo intentas sentirte mejor.

Stefan la observó en silencio.

–Aunque no quieras cenar conmigo, estás trabajando como una mula para sobrevivir. Deja que te ayude.

–Ni necesito ni quiero tu ayuda. Me valgo por mí misma.

–¿Trabajando en una *taverna?* –Stefan le acarició el cabello–. ¿Qué hay de tus velas perfumadas? ¿Y tu sueño?

–Pienso convertirlo en realidad, pero con mi propio dinero.

–¿Estás decidida a complicarte la vida?

–Estoy decidida a ser independiente.

–Te ofrecí un préstamo para tu negocio y la oferta sigue en pie.

–Ya no quiero nada de ti.

Stefan se quedó pensativo.

–¿Temes no poder controlar tus sentimientos si estás conmigo?

–Tienes razón. Me da miedo querer pegarte.

Stefan no pudo contener una sonrisa. Retrocedió un paso y miró el edificio ante el que estaban.

–¿Vives aquí?

–¿Qué más te da dónde viva o dónde trabaje? No tengo por qué compartir información personal contigo.

Stefan apretó los labios.

–Mi ayuda no está condicionada a lo que pase entre nosotros.

–Entre nosotros no va a pasar nada. La próxima vez que esté con un hombre, me aseguraré de que tenga fuertes vínculos familiares y que no piense que el compromiso es una enfermedad contagiosa que ha de ser evitada a toda costa.

–¿Todavía crees en la familia a pesar de todo lo que ha sucedido? –Stefan le acarició los labios con el pulgar, y su mirada se veló–. El amor solo te hace vulnerable, *koukla mou.* Sufres porque amas.

–No estoy sufriendo.

–Yo vi tu rostro aquel día en la isla y la expresión con la que miraste a tu padre.

–A pesar de todo es mi padre –¿cómo habían terminado hablando de aquello? Selene nunca lo había hablado, ni siquiera con su madre. Era raro querer ser amada por alguien a quien no se respetaba–. Es... complicado.

–Las emociones son siempre complicadas. ¿Por qué crees que las evito?

A su pesar, Selene se descubrió preguntándose por los sentimientos de Stefan. Él dejó caer la mano a la vez que su rostro se ensombrecía y sus hombros se tensaban.

–Te aconsejo que olvides a tu padre –continuó él–. No se merece que derrames ni una sola lágrima. Y en cuanto a la familia... –se separó de ella–, si viajas sola, nadie puede herirte.

Aquellas palabras sacudieron a Selene.

–Gracias a mi padre he vivido aislada toda mi vida, y sé bien qué se siente en soledad. Ahora estoy haciendo amigos, y me encanta. Nadie sabe que me apellido Antaxos, ni a nadie le importa. Soy Lena.

Un bullicioso grupo de turistas pasó por la estrecha calle y Selene se puso alerta. Su reacción no pasó desapercibida a Stefan.

–Pero miras hacia atrás constantemente. Si vienes conmigo, ya no tendrás miedo –Stefan se aproximó de nuevo, actuando de escudo frente al grupo–. Puedo protegerte de tu padre.

¿Y quién la protegería de Stefan?

Ahogándose por las emociones que sentía, Selene alzó el rostro y sus miradas se encontraron.

El bullicio se amortiguó y su único pensamiento fue lo guapo que era el hombre que tenía ante sí. Y de pronto, Stefan estaba besándola apasionadamente, devolviéndola a la noche que habían compartido

Cuando él finalmente alzó la cabeza, Selene apoyó la mano en su pecho para mantener el equilibrio.

—Quiero empezar de cero —dijo él con voz ronca, tomándole el rostro entre las manos y apoyando su frente en la de ella—. Nunca he sentido nada igual por una mujer. Todo lo que pasó entre nosotros fue verdad, y en el fondo lo sabes. Dame la oportunidad de demostrártelo.

Stefan se apretaba contra ella y, a pesar de que la noche era calurosa, Selene sintió que la recorría un escalofrío.

Él jugueteó con su corto cabello.

—Tengo que acudir a una cena de beneficencia mañana en Corfú. Habrá hombres en esmoquin y champán. ¿Quieres venir?

Una vez más, Selene tuvo que fortalecerse para no caer en la tentación.

—No, gracias.

Stefan la miró con exasperación.

—¿Qué ha pasado con la dulce chica que bebió en exceso y trató de seducirme? Ella no habría rechazado una buena fiesta.

—Que maduró la noche que la utilizaste para atacar a tu enemigo —asustada por sus propios sentimientos, Selene lo empujó e intentó irse, pero él la sujetó por el brazo con firmeza.

—¿Y si te dijera que mis sentimientos hacia tu padre no tienen nada que ver con los negocios? —preguntó él en un tono que Selene no conocía.

—¿Qué otro motivo podría haber? Sois dos machos alfa decididos a hacer lo que sea necesario para ganar.

–Tu padre arruinó al mío –dijo Stefan con voz grave y levemente temblorosa–. Le arrebató todo, empezando por mi madre.

Selene lo miró fijamente y él continuó:

–Yo tenía ocho años cuando Antaxos apareció con un lujoso yate y la convenció de que podía proporcionarle una vida de ensueño. Y para que nunca tuviera la tentación de volver junto a su marido y su hijo, se aseguró de que no quedara nada a lo que volver. Destruyó el negocio de mi padre, su autoestima y su dignidad. Y la ironía es que ni siquiera tenía que haberse molestado. El día que mi madre lo abandonó, mi padre perdió todo aquello que le importaba. La amaba tanto que su vida no tenía sentido sin ella. Así que antes de juzgarme, debes saber que tengo más motivos que muchos para saber lo bajo que puede caer tu padre.

Selene se quedó paralizada, tanto por la inesperada revelación como por el dolor que vio reflejado en el rostro de Stefan.

–Yo-yo... No sabía...

–Ahora lo sabes –dijo él, fríamente.

–Siempre hubo otras mujeres, tanto antes como después de casarse con mi madre –dijo Selene–. Y yo odiaba que mi madre lo aceptara como parte de su matrimonio. Siempre quise que se respetara más a sí misma, pero él la dominaba. Hasta el punto de que la privó de personalidad.

–Así es como opera.

–Es porque se siente inseguro –dijo Selene, viéndolo súbitamente con claridad–. No confía en que nadie quiera quedarse con él si tiene la opción de irse. Por eso los debilita hasta hacerles creer que no pueden sobrevivir sin él –de pronto tuvo una certeza que le hizo sentir náuseas–. Hubo una mujer enamorada de él antes de que mi madre apareciera... Se ahogó en la costa.

Stefan la soltó bruscamente.

–Nunca supimos si fue un accidente o si saltó.

Sin esperar a que Selene respondiera, Stefan se alejó mientras ella lo observaba en un torturado silencio.

«Tu padre arruinó al mío».

La mujer que se había ahogado era su madre.

–Stefan, espera. ¡Stefan!

Pero la voz se Selene se perdió entre la gente y Stefan ya no estaba a la vista. Con paso firme se había marchado, dejándola con la espantosa noción de que había sido implacable con un hombre al que había juzgado erróneamente.

Capítulo 9

STEFAN estaba sentado a la cabecera de la mesa, ajeno a las explicaciones que daban sus ejecutivos sobre asuntos que, supuestamente, tenían un interés prioritario. Sin embargo, su mente estaba sumida en los recuerdos que habían reabierto la herida que tanto dolor le causaba. Y, por encima de todo, le perturbaba pensar en Selene sola, constantemente en alerta, pendiente de no ser seguida.

A pesar del aire acondicionado, Stefan sintió que la frente se le perlaba de sudor.

–¿Stefan?

Al oír que lo llamaban, alzó la cabeza y vio a Maria en la puerta. Como jamás había interrumpido antes una reunión de la junta directiva, Stefan se puso en pie de un salto, y aunque se dijo que Takis habría protegido a Selene de cualquier mal, fue hacia la puerta con piernas temblorosas.

–¿Qué pasa? ¿Has sabido algo de ella? –preguntó. Pero su voz se apagó al mirar por detrás de Maria y ver a Selene.

El sol iluminaba su corto cabello rubio. Llevaba una camiseta y pantalones cortos que dejaban a la vista sus largas piernas bronceadas. Y estaba llorando.

Stefan fue hacia ella precipitadamente.

–*Theé mou*, ¿qué te pasa? –preguntó, tomándola

por los brazos–. ¿Te ha encontrado? Si te ha amenazado...

–No, no es nada de eso –dijo ella, sorbiéndose la nariz.

–Entonces, ¿qué pasa?

Stefan oyó que Maria cerraba la puerta y supo que estaba de nuevo a solas con una mujer que le hacía sentir siempre como si caminara sobre tierras movedizas.

–Me mortifica haber sido tan injusta contigo –dijo Selene–. Yo tengo la culpa de todo. Desde que nos conocimos, soñaba contigo, eras mi héroe –se le quebró la voz–. Y luego pasamos la noche juntos y el sexo fue tan increíble... Nunca pensé que podría ser tan...

–Respira, *koukla mou*.

–No, tengo que decírtelo todo porque me siento fatal y no voy a sentirme mejor hasta que me escuches.

–Te estoy escuchando –la tranquilizó Stefan–, pero antes tienes que calmarte. ¿No dijiste que solo llorabas de felicidad?

–Resulta que también en eso me equivocaba. Pero mi mayor error fue desconfiar de ti. Sentí tal pánico al ver las fotografías, y tú parecías tan despreocupado, que asumí que tenías la culpa. Ni siquiera intenté ponerme en tu lugar. No reparé en que tú no sabías lo de mi padre, ¿por qué ibas saberlo? Y yo estaba tan acostumbrada a interpretar el papel de familia feliz que ni siquiera era capaz de contar que todo era falso.

–Ya nada de eso importa.

–Sí que importa. Porque viniste a rescatarme a la isla y lo único que hice fue gritarte. Después descubrí que tenía el trabajo gracias a ti y que me habías estado espiando para asegurarte que estaba a salvo, y ¿qué hice? Gritarte una vez más.

–Es lógico. Querías ser independiente.

–Era estúpidamente irrealista. No me cuestioné cómo era posible que consiguiera un trabajo inmediatamente cuando no tenía ni experiencia, ni referencias. Si no llega a ser por ti, podría haber acabado durmiendo en la calle.

–Yo he pasado por eso y no quería que tú lo sufrieras –dijo Stefan, intentando borrar el recuerdo al instante.

–Has sido maravilloso conmigo aunque no lo merecía –musitó Selene–. Y yo he sido horriblemente injusta. Pero ahora veo todo claro.

–Has sufrido más que muchos. ¿Cómo ibas a confiar en mí? Después de todo, y aunque esa fuera la razón de que acudieras a mí, era el enemigo de tu padre.

–Pero nunca te vi como tal. Siempre pensé que eras una buena persona. Y lo eres –Selene estaba lo bastante cerca como para que Stefan pudiera aspirar su aroma.

–No empieces con eso –dijo él.

–No, ya sé que no eres un héroe, pero eres bueno. También comprendo ahora que la desaparición de tu madre ha hecho que desconfíes de cualquier relación.

–He tenido muchas a lo largo de mi vida.

–Me refiero a relaciones de verdad, no al sexo. No dejas que nadie se aproxime a ti lo bastante, y eso te hace sufrir, aunque finjas indiferencia.

Stefan sintió un golpe de pánico.

–Te aseguro que no es eso lo que quiero. Tú eres mucho más sensible sobre ese tema que yo. Aquello pasó hace mucho tiempo, y mi madre no fue más que una de las muchas conquistas de tu padre. Sucedió mucho antes de que conociera y se casara con tu madre.

–Pero a ti todavía te duele. Y es lógico. Actúas como si no te afectara, pero los dos sabemos que no es así. Determina tu comportamiento, tanto en los negocios como en tu vida privada. Por eso no tienes una familia: porque temes perder a aquellos a quienes amas.

La perspicacia de Selene dejó atónito a Stefan.

–No creo que... –dijo.

–Yo conseguí abrir la herida. Tensé la cuerda, sugiriendo que lo único que te importaba era una rivalidad empresarial... como si pudieras ser tan superficial...

Stefan, que precisamente se había esforzado en ser superficial, se quedó paralizado.

–Selene...

–Lo siento –Selene se abrazó a él con fuerza.

Stefan sintió su cuerpo respirando contra el de él, su olor a jabón envolviéndolo. Cerró los ojos y apretó los dientes para intentar dominar la intensidad de las emociones que lo asaltaron. Se quedó rígido, sin saber qué hacer.

–Debería volver a mi reunión.

–¿No pueden seguir sin ti? –preguntó Selene, con la voz distorsionada por el pecho de Stefan–. Podríamos quedarnos solos, divertirnos, y hacer algunas cosas más de mi lista.

–¿Por qué necesitamos estar solos?

–Porque casi todas implican que estemos desnudos.

Stefan rio con incredulidad.

–Eres la mujer más extraña que he conocido.

–No tengo nada de extraña. Solo soy sincera respecto a lo que quiero.

–¿Y qué quieres? –Stefan se obligó a preguntar, aunque no estaba seguro de querer oír la respuesta.

–Muchas cosas. La primera, que me ayudes con mi negocio.

–Creía que no querías mi ayuda...

–Fui una cría y una desagradecida al decirte eso. Claro que necesito tu ayuda. Sería una locura no escucharte cuando sabes más que nadie de negocios. Y aunque las velas te parezcan una tontería, yo estoy convencida de que son un negocio viable. Pero no sé cómo convertirlo en realidad, y si todavía estás dispuesto a hacerlo, te agradecería que me enseñaras.

Stefan se relajó parcialmente. Aquel era un tema con el que se sentía cómodo.

–Pienso trabajar todo lo que haga falta –dijo ella con ojos brillantes–. He dejado el trabajo en la *taverna* para dedicarme plenamente al negocio, y si puedes dejarme dinero para vivir mientras lo pongo en marcha, prometo devolvértelo. Será un préstamo, no un regalo. Y nunca más lo envolveré en un tanga.

Stefan enarcó las cejas, desconcertado.

–Es una forma curiosa de guardar el dinero.

–Visto en perspectiva, fue una estupidez. Mi padre lo encontró.

La idea horrorizó a Stefan.

–Menos mal que escapaste de él a tiempo.

–No: menos mal que tú llegaste en el momento preciso. Gracias. Y te aseguro que tu destreza para atracar el yate en la costa de Antaxos se convertirá en una leyenda.

–No comprendo cómo has podido vivir con ese hombre toda tu vida y que no te hayan quedado cicatrices.

–Sí que las tengo. Hizo que me refugiara en un mundo irreal, que creara a un ser de proporciones mitológicas, capaz de vencer a mi padre y conseguir que se arrastrara y pidiera perdón –Selene frunció el ceño–. Ahora que lo pienso, lograste que se arrastrara...

–Pero no se disculpó.

–Eso habría sido un milagro –Selene posó una mano en el pecho de Stefan–. ¿No vas a preguntarme qué más quiero?

–Continúa.

–Quiero estar contigo. Quiero pasarlo bien, como todo el mundo. Y quiero mucho sexo.

Stefan respiró profundamente.

–No deberías decir esas cosas.

–Solo te las digo a ti. Ya sé que es pedirte mucho, porque tú no tienes relaciones estables con mujeres. Ahora es cuando me dices que me romperás el corazón y que no crees en los finales felices –Selene se abrazó a su cuello–. Y entonces yo te digo que solo quiero pasarlo bien con alguien en quien confío, que quiero explorar la química que hay entre nosotros. Y hacer el amor contigo como aquella noche, pero sin tener que marcharme precipitadamente al día siguiente.

Stefan sintió un golpe de calor.

–Selene...

–Pero si prefieres volver a tu reunión... –Selene deslizó el dedo por el cuello de Stefan–, o si te incómoda que te abrace y prefieres seguir viviendo aislado en una burbuja, es cosa tuya. Aunque puede que descubras que, cuando quiero algo, soy tan testaruda como tú.

Stefan le retiró la mano.

–Me estás volviendo loco.

–Me alegro. Porque desde la noche que pasamos juntos, tengo insomnio. Me he vuelto una obsesa sexual, y si fueras tan amable, querría que hicieras algo al respecto –Selene entrelazó los dedos con los de él–. Míralo así: si no funciona, no tienes más que abandonarme. ¿No es eso lo que haces siempre? ¿Por qué iba a ser más complicado ahora?

Stefan sentía que el cuello de la camisa lo ahogaba; se soltó de los brazos de Selene al tiempo que se aflojaba la corbata y se desabrochaba el primer botón.

–Deberías seguir tu intuición y evitarme. No puedo hacerte ningún bien.

–O sí. Y puede que yo te lo haga a ti. Pero si no lo intentamos, nunca lo sabremos.

–Este producto es un capricho, un lujo. Si lo vendemos en supermercados como un producto corriente, pierde su encanto. Por eso, el mejor punto de venta sería su cadena de exclusivos hoteles.

Selene terminó su presentación, consciente de las doce personas que la observaban atentamente. Pero de todos ellos solo le importaba el hombre que ocupaba la cabecera de la mesa.

Stefan no había hablado desde el comienzo de la reunión. Se había quitado la chaqueta e irradiaba poder y seguridad en sí mismo. Aun sin abrir la boca, era evidente que era él quien mandaba.

Selene sintió un cosquilleo al observar su hermoso rostro, sus ojos entornados en los que se intuía la promesa de sexo tórrido, su boca que.... Selene perdió el hilo de lo que iba a decir, y al ver que Stefan sonreía, como si le leyera el pensamiento, se irritó consigo misma y se derritió a partes iguales.

Aunque no quería ser tan predecible, adoraba aquella intimidad.

–En mi opinión, esa es la estrategia que debemos seguir –dijo con firmeza–: Convertirlo en un producto deseable, haciéndolo accesible solo para un grupo selecto.

Se produjo un silencio expectante en el que todas las miradas se volvieron hacia Stefan.

–Me parece una estrategia arriesgada, pero me gusta. Pongámoslo en venta en cinco de nuestros hoteles como prueba. Si tiene éxito, lo incluiremos en toda la cadena.

Selene se relajó parcialmente. Había presentado su proyecto al equipo comercial de Stefan, y habían discutido las opciones de empaquetado, la publicidad y la demografía de la clientela hasta que la cabeza le dio vueltas.

–A mí me parece muy bien lanzarlo como producto exclusivo –dijo Adam, el encargado de desarrollo comercial de Ziakas–. ¿Qué dices tú, Jenny?

Jenny era la directora de relaciones públicas.

–Yo también estoy de acuerdo. Convocaré a un grupo de periodistas para que prueben el producto en uno de nuestros spas y se ocupen de darle publicidad.

Para cuando concluyó la reunión, Selene llevaba cuatro horas de pie, pero se sentía pletórica de energía.

–Ya hemos acabado –anunció Stefan, poniéndose en pie y despidiendo a los presentes. Al ver que Selene cerraba su ordenador, añadió–: Tú quédate.

Por fin la puerta se cerró y se quedaron a solas.

–¿Así que... –dijo Stefan rodeando la mesa sin apartar la mirada de Selene–, convirtiéndolo en un producto difícil de conseguir, la gente anhelará tenerlo? Si mi experiencia sirve de algo, puedo decir que tienes razón. ¿Sabes el control sobre mí mismo que he tenido que ejercer hoy?

Sorprendida por la intensidad de la mirada de Stefan, Selene tragó saliva.

–¿De verdad?

–Sí. Normalmente me gusta moverme durante las reuniones porque permanecer sentado me pone nervioso.

–¿Y por qué no lo has hecho?

–Porque estás tan sexy que llevo todo este tiempo excitado. No sabes lo incómodo que ha sido –Stefan la tomó por la nuca y la atrajo hacia sí–. ¿Llevas medias debajo de la falda?

–Puede ser –dijo Selene con el corazón acelerado–. ¿Quieres decir que mis ideas eran malas?

–No. Quiero decir que tus ideas son magníficas, pero que hablas demasiado –dijo él, clavando la mirada en sus labios–. A los diez minutos me habías convencido, y podría haberte llevado a la cama en lugar de soportar esta tortura.

–Tenía que convencer al resto del equipo.

–Solo importo yo. Y ahora que hemos terminado con las velas, estoy incandescente –dijo Stefan con ojos brillantes.

–¡Qué gracioso! ¿Te estás riendo de mí?

–Nunca me río cuando hablo de negocios. Tienes un buen producto en el que crees. Deberías estar orgullosa de ti misma, *koukla mou*.

–No deberías llamarme así cuando estamos trabajando. No quiero que la gente crea que es una cuestión de favoritismo.

–Me da lo mismo lo que piense nadie, y debes saber que cualquiera que me conozca sabe que jamás hago negocios por favoritismo –Stefan le acarició el corto cabello–. Me gusta mucho así.

–A mí también. Lo hice por impulso, pero ahora

creo que se corresponde más con mi nueva yo –dijo ella, consciente de la reacción de su cuerpo a la proximidad de Stefan y de cómo se le aceleraba el corazón al tomarle él la cara entre las manos y besarla con delicadeza.

–Recoge tus cosas. Vamos a hacer un estudio de mercado.

–¿A qué te refieres?

–Quieres vender tu producto en mis hoteles, pero no te has alojado en ninguno de ellos, así que vamos a llevarnos tus velas Seducción y a hacer una prueba en directo.

Selene rio.

–¿Dónde?

–En Santorini. Una vez me dijiste que no comprendías por qué a la gente le gustaban tanto las islas griegas, así que voy a ampliar tus conocimientos. Ha llegado la hora de que experimentes el sexo con un espectacular escenario de increíbles atardeceres.

–¿Cuándo? ¿Ahora mismo?

–Sí. Vamos a pasar unos días solos –Stefan le besó la punta de la nariz–. Tú, yo y las velas.

–No te olvides del jabón.

–¿Cómo olvidarlo? –Stefan enredó las manos en el cabello de Selene y le habló a milímetros de los labios–. Lo huelo en ti y la idea de meterme en la ducha contigo me vuelve loco.

–Tiene usted muy buenas ideas, señor Ziakas.

–Así es. Y ahora mismo, todas ellas te incluyen a ti.

Volaron a Santorini en el avión privado de Stefan, y Selene se quedó sin aliento al ver la impresionante isla volcánica, con sus preciosas casas blancas y las cúpulas azules de las iglesias suspendidas sobre el espejeante mar Egeo.

–Es increíble. No sabía que existieran sitios así.

–¿Nunca viajaste con tu padre?

–No. Supongo que solo iba a lugares como este con sus amantes.

El «sitio» en cuestión era el Hot Spa Ziakas, un hotel de lujo con suites privadas, situado en una ladera con vistas a la Caldera

–Nunca pensé que hubiera un sitio tan romántico –musitó Selene al salir a la terraza de su suite.

–No dejas de sorprenderme. Tienes una increíble capacidad para soñar.

–Es lo que me ha mantenido cuerda. Pero esto es... –Selene suspiró y tomó una tarjeta que había sobre la mesa de la terraza. La leyó y mirando a Stefan perpleja, preguntó–: ¿Hay varios tipos de almohadas?

–Sí: de pato, de ganso o hipoalergénicas –sonriendo, Stefan se quitó la ropa y se sumergió en la piscina privada, salpicando a Selene en el proceso.

–Gracias, me has calado –protestó ella, parpadeando con fuerza.

–Me alegro. ¿Por qué no te metes?

–Nos puede ver alguien.

–No. Es la mejor suite y no nos ven desde ningún ángulo –Stefan sonrió con picardía–. ¿Vas a venir voluntariamente o tengo que ir por ti?

–Me has estropeado el traje de chaqueta –dijo ella, dejando la tarjeta sobre la mesa.

–Te compraré otro. Contaré hasta tres para que te desnudes. Uno...

–Pero...

–Dos...

Selene se quitó los zapatos, la chaqueta y la falda. Al verla en medias, Stefan dejó escapar un gruñido.

–Me estás matando...

–Me alegro –dijo ella, quitándoselas lentamente y disfrutando de la reacción de Stefan–. Pienso quedarme en ropa interior –añadió. Y al tirarse le pareció oír a Stefan mascullar: «por poco tiempo».

Cuando emergió, Stefan estaba a su lado. La tomó por las caderas y Selene sintió un golpe de calor en la pelvis.

«Te amo».

Las palabras brotaron en su mente pero afortunadamente no recorrieron el camino hasta sus labios. Sabía que si él las oía, saldría huyendo despavorido.

Tenía que concentrarse en el presente y disfrutar del frescor del agua y de los calientes labios de Stefan sobre los suyos.

A su espalda, el sol se ponía sobre el agua, pero ninguno de los dos prestó atención al espectáculo que arrastraba a los turistas a la playa porque estaban demasiado ensimismados el uno en el otro.

Selene devolvió el beso con tanta ansiedad como la de Stefan y sus manos se posaron sobre él con el mismo anhelo de exploración. Cuando Stefan la tomó por las nalgas, ella enredó las piernas a su cintura instintivamente. Su piel rozó los muslos de Stefan y se dio cuenta de que estaba desnuda, que, sin darse cuenta, en el calor del beso, él le había quitado la ropa interior sin que ni siquiera se diera cuenta. Y al sentir el sexo de Stefan contra el suyo, creyó enloquecer de placer y clavó las uñas en sus hombros de acero.

–Te deseo –dijo él con voz ronca–. Aquí. Ahora.

Instintivamente, Selene meció las caderas hacia él en un desesperado intento de mitigar la tensión que sentía entre los muslos.

Cuando Stefan empezó a explorar su parte más íntima con los dedos, Selene dejó escapar un gemido contra sus labios y él continuó las caricias hasta hacerle perder el sentido.

Entonces, jadeante, la alzó y entró en ella. Selene lo sintió en su interior, cálido y duro, y la sensación fue tan deliciosa que se quedó sin aliento.

—Cristos... —musitó él—. Eres increíble...

—No pares, Stefan, por favor —Selene sentía un anhelo primario que le impulsaba a moverse.

Pero Stefan la sujetó con firmeza por las caderas.

—Espera... Un momento... —balbuceó.

—No puedo... —Selene cerró los ojos y se arqueó contra él para sentirlo más profundamente.

Y Stefan cedió.

Selene podía notarlo por todo el cuerpo, reverberando en cada una de sus células. Intentó mecer las caderas, pero él la asía con firmeza, limitándole los movimientos para poder controlar el ritmo. Con cada empuje la excitación se fue incrementando exponencialmente, hasta que los dos estallaron simultáneamente en un violento orgasmo durante el que Stefan la besó, absorbiendo sus gemidos, sus jadeos, palabras que Selene quería articular pero que no podía porque el placer sexual la inhabilitaba para todo lo que no fueran puras sensaciones.

Y cuando las oleadas que sacudían su cuerpo empezaron a remitir, Stefan le tomó el rostro entre las manos y, mirándola fijamente, susurró:

—Ha sido...

–Increíble –musitó ella. Y Stefan le dio un beso delicado y dulce.

–No sé qué me haces para...

–Has sido tú quien ha hecho todo. No me has dejado moverme.

–No podía –Stefan le mordisqueó el labio inferior sin apartar la mirada de sus ojos–. Eres la mujer más sexy que he conocido.

–Más te vale no haber mentido sobre la privacidad de esta piscina o me voy a convertir en la mujer más avergonzada del mundo.

Stefan la tomó por la cintura y, sacándola del agua sin el menor esfuerzo, la sentó en el borde.

–Duchémonos. Ya es hora de que elijamos la almohada que más nos guste –dijo. Y dándose impulso, salió a su vez del agua. Luego tomó una toalla y envolvió a Selene en ella–. No puedo pensar si te veo desnuda –dijo a modo de explicación.

–Eres increíble –dijo Selene, que habría querido expresar otros sentimientos pero temía que lo ahuyentaran.

Pareció ser la palabra adecuada, porque Stefan la tomó en brazos y la llevó al dormitorio.

–Ahora mismo voy a demostrártelo.

Selene rio y se asió a su cuello.

–Te vas a hacer daño en la espalda –dijo.

–No es la espalda la parte de mi cuerpo que me preocupa.

–¿De verdad? Quizá yo pueda ayudarte –dijo Selene, besándole el cuello. Luego alzó la cabeza y miró alrededor, contemplando la habitación y las magníficas vistas–. Esto es maravilloso. Podría quedarme aquí para siempre.

Entonces percibió un leve cambio en Stefan, y este la dejó en el suelo.

–¿Por qué no te duchas primero mientras yo consulto mi correo?

Su tono perdió la calidez que había tenido hasta ese momento. Tal vez otra persona no lo habría percibido, pero Selene podía sintonizar con cualquier variación en su estado de ánimo.

Confusa, se quedó de pie viendo cómo Stefan iba hasta los pantalones que había dejado en el suelo y sacaba el teléfono del bolsillo. Su foco de atención había pasado de ella al móvil, a su mundo, en el que ella no tenía cabida.

Y Selene no comprendía por qué. Intentó retroceder mentalmente para encontrar el punto de inflexión, pero estaba segura de que las palabras «te quiero» no habían escapado de sus labios.

Solo había mencionado que podría quedarse en aquel lugar para siempre...

«Para siempre».

Tenía que ser eso. ¿Cómo podía haber sido tan estúpida? Esa era la palabra del diccionario más odiada por Stefan.

El hecho de que solo hubiera sido un comentario de pasada, daba lo mismo. Había bastado para hacer sonar las alarmas y para que Stefan se tensara como si acabara de anunciarle que había reservado la iglesia. Por eso se había refugiado en sus correos y actuaba como si el sexo que acababan de compartir no hubiera existido.

Selene dio un paso hacia él, pero cambió de idea y se fue al cuarto de baño.

Si intentaba hablar de ello solo empeoraría las cosas.

Sabía que Stefan huía del compromiso, que mantenía sus relaciones cortas y superficiales. ¿Por qué, entonces, sentía aquella profunda desilusión?

Entró en la ducha. Aunque había una selección de selectos productos, eligió uno de sus jabones: Relajación.

Era lo que necesitaba.

Y al día siguiente, le dejaría más espacio a Stefan. Le demostraría que no tenía la menor intención de agobiarlo.

Capítulo 10

STEFAN no podía dormir. Selene se había quedado dormida, acurrucada a su lado, con un brazo sobre su cintura y la cabeza en su hombre. Respiraba profundamente. Su aroma lo envolvía, impidiéndole pensar.

Quería levantarse, pero temía despertarla. Aunque la noche era calurosa, él sentía un frío pánico.

Llevando a Slene a Santorini solo había contribuido a confundirla. Por otro lado, la intensidad del sexo que experimentaba con ella lo desconcertaba. Él estaba acostumbrado a mantener el control, a decidir cuándo irse, a mantener las distancias. Y, sin embargo, allí estaba, enredado en sus brazos.

Por la mañana se excusaría y, explicándole que no podía mezclar los negocios con el placer, volverían a Atenas.

Habiendo tomado esa decisión, finalmente logró conciliar el sueño. Cuando despertó, el sol inundaba la habitación y la cama estaba vacía.

–¿Selene? – la llamó, asumiendo que estaba en el baño. Pero no obtuvo respuesta.

Alarmado, llamó al servicio de seguridad del hotel, donde le dijeron que Selene estaba en el spa desde primera hora.

Stefan se sorprendió del alivio que sentía y decidió aprovechar el tiempo trabajando. Suponía que Selene volvería tras darse un masaje y que entonces podrían tener la conversación que había planeado. Insistiría en que lo que había entre ellos no era serio, que solo se trataba de pasarlo bien.

Varias horas más tarde, empezó a inquietarse, e iba a llamar al spa cuando Selene entró, vestida con un inmaculado uniforme blanco que debía haberle proporcionado el personal.

–¿Dónde has estado todo el día? –preguntó Stefan, sorprendido.

–Trabajando. ¿No habíamos venido a que hiciera un estudio de mercado? –Selene dejó el bolso y se descalzó–. He estado en el spa, hablando con el personal y los clientes. Ha sido muy útil. ¡Les encantan las velas! Y la idea de que sea un producto exclusivo, todavía más –se pasó los dedos por el cabello–. ¡Qué calor! Voy a darme un baño.

–Selene...

–Quería hablar contigo –añadió ella antes de que Stefan pudiera continuar. Este asumió que era el momento en el que ella hablara de futuro, de convertir lo pasajero en permanente.

–Selene...

–Me ha resultado incómodo hablar de negocios cuando todo el mundo sabe que compartimos habitación. No resulta profesional. Así que te propongo que acabemos nuestra relación personal desde ahora mismo. Lo hemos pasado bien, pero no podemos arriesgarnos a estropearlo todo –Selene se sirvió un vaso de agua–. ¿Quieres agua? Es importante mantenerse hidratado y seguro que llevas horas sin beber.

—¿Que terminemos la relación? —aunque él mismo había pensado sugerirlo, oírselo decir a ella lo dejó atónito y le hizo darse cuenta de hasta qué punto le costaba aceptarlo—. ¿Por qué?

—Porque quiero que me tomen en serio profesionalmente, y si me acuesto con el jefe no lo voy a conseguir.

—No me gusta que lo describas en esos términos.

—¿Por qué? Solo describo la realidad —dijo ella, apurando el vaso mientras Stefan la observaba.

—No soy tu jefe. Solo un inversor en tu negocio —dijo él, aunque no comprendía por qué no aprovechaba la puerta que Selene estaba abriendo para escapar.

También ella parecía sorprendida.

—Llámalo como quieras. El caso es que no quiero crear una situación incómoda.

—Personalmente, hago lo que quiero y me da lo mismo lo que piense la gente —dijo Stefan con firmeza.

—No me refería a los demás, sino a nosotros —Selene dejó el vaso sobre la mesa—. Ha sido divertido, pero deberíamos darlo por terminado y seguir cada uno su camino.

—No estoy de acuerdo —Stefan se puso en pie bruscamente, la atrajo hacia sí y la besó. El deseo estalló en su interior con una brutal intensidad, borrando cualquier pensamiento práctico. Alzó la cabeza y añadió—. Me niego a dejar de verte.

Selene parecía aturdida.

—Pe-pero creía que eso era lo que querías.

También él.

—Pues te has equivocado.

Stefan se preguntó si «seguir cada uno su camino»

significaba salir con otros hombres, e instintivamente, la tomó en brazos y la llevó a la cama.

Días más tarde, mientras cenaban en un restaurante con vistas a la bahía y ante una preciosa puesta de sol, Selene pensó que Stefan era una pura contradicción. Había estado tan segura de que lo había aterrorizado al usar la palabra «siempre», que decidió darle espacio, liberarlo. Pero cuando volvió, él había reaccionado como quisiera una relación seria. Hasta el punto de que Selene se preguntó si no se había precipitado o no habría imaginado cosas.

Las velas que ocupaban el centro de las mesas se mecían con la suave brisa y al fondo se oía música griega.

Su vida anterior parecía tan lejana...

–¿Sabes algo de mi padre?

Stefan frunció el ceño.

–No hay motivo para que te preocupes de él.

–Solo es curiosidad. Sé que estás en contacto permanente con Takis.

Stefan tomó su copa de vino y tras una pausa, dijo:

–No ha salido de Antaxos desde la noche que recibió una visita de la policía.

–Supongo que habrá visto fotografías de nosotros juntos.

–Pero no ha reaccionado. Sabe que no puedo tocarte, que yo no lo consentiría.

La rabia que tiñó sus palabras sacudió a Selene.

–¿Lo odias tanto por lo que le hizo a tu madre?

–No. Después de todo, ella era una adulta y eligió libremente –dijo él, frunciendo el ceño–. He tardado años en darme cuenta.

–Ha debido ser muy doloroso.

–¿Aceptar que lo eligiera a él y no a mi padre y a mí? Desde luego. Durante años me obsesioné con ser tan poderoso como para poder asaltar la isla y liberarla. Me costó mucho entender que ella no quería ser libre.

–Pero sigues enfadado...

–Así es. Por cómo te trató a ti –Stefan dejó la copa lentamente sobre la mesa–. Mientras que mi madre pudo elegir, tú estabas atrapada.

Selene se emocionó. Aquellas palabras indicaban que le importaba, aunque no pudo evitar preguntarse si no se sentiría todavía culpable por haberla puesto en peligro.

En cualquier caso, Selene no se atrevió a preguntárselo directamente porque prefería no saber la respuesta. Se había prometido pensar solo en el presente.

–Pero tú me rescataste –ignorando las miradas de envidia de las mujeres que había en el restaurante, Selene alzó su copa–. No sé cómo te atreves a darme champán después de lo que pasó la última vez. Juraste que no volverías a dejarme probarlo.

–Puedes beber mientras estés conmigo –Stefan le acarició la muñeca delicadamente y un estremecimiento la recorrió de arriba abajo.

Saberse tan vulnerable le daba miedo. La relación con Stefan había pasado de ser un divertimento pasajero para convertirse en la experiencia más increíble de su vida, y la idea de perderlo la aterraba.

–Tengo la sensación de que ha pasado un siglo desde aquella noche –musitó.

–Porque han sucedido muchas cosas desde entonces –dijo Stefan.

Y al ver la forma en que la miraba, Selene supo que quería lo mismo que ella. Como si quisiera darle la razón, Stefan se puso en pie y dejando dinero sobre la mesa, le tomó la mano y dijo:

–Vámonos.

Solo le soltó la mano el tiempo que necesitó para maniobrar el coche fuera del aparcamiento. Luego, entrelazó sus dedos con los de ella y presionó su mano contra su muslo. Selene lo miró de reojo. Su cruce de miradas estalló en una bomba de calor, y Stefan detuvo el coche bruscamente ante el hotel, le lanzó las llaves al aparcacoches, y la llevó precipitadamente a la suite.

Apenas habían entrado cuando ya la estaba besando, aprisionándola contra la puerta. Selene alzó mecánicamente los dedos y comenzó a desabrocharle la camisa con dedos temblorosos. En cuanto su torso quedó al descubierto, separó sus labios de los de Stefan y le recorrió el pecho con ellos, dejando una hilera descendente de besos. Cuando llegó al pantalón, se lo soltó, le bajó la cremallera y lo liberó. Stefan contuvo el aliento mientras ella le acariciaba, y resopló con fuerza en el momento en el que ella lo tomó en su boca.

–Selene... –dijo con voz ronca, sujetándola por los hombros para levantarla y, besándola, llevarla hacia la cama.

Rodaron sobre ella hasta que Selene quedó sentada a horcajadas sobre él. Él le subió la falda y le apartó las bragas con manos ansiosas, y ella, con la mirada clavada en sus ojos, descendió sobre él, acogiéndolo profundamente, acomodándolo mientras percibía el control que él ejercía sobre sí mismo para no moverse.

Stefan cerró los ojos y apretó los dientes, pero Selene quería que se dejara llevar.

–Stefan –susurró ella, pasándole la lengua por los labios al tiempo que le tomaba las manos y se las sujetaba por encima de la cabeza.

–Espera... –masculló él.

–No puedo –dijo ella, meciéndose a la vez que él alzaba las caderas y le hacía sentir su sexo tan profundamente que, en unos segundos, Selene sintió las primeras contracciones del orgasmo, a las que siguieron las de Stefan.

Estallaron juntos, a un ritmo frenético, hasta que Selene colapsó sobre Stefan, exhausta, aturdida. Hizo ademán de rodar hacia el lado, pero Stefan la sujetó y levantó la sábana para cubrirlos a ambos, a la vez que preguntaba:

–¿Dónde te crees que vas?

Era la primera vez que mantenían la intimidad después del sexo y Selene sonrió embriagada de felicidad, pero guardó silencio por temor a estropear el instante.

–Casi me matas –añadió él, girando la cabeza para mirarla.

Sus ojos la observaron con una calidez aterciopelada que removió algo en el interior de Selene y antes de que pudiera reprimirse, susurró:

–Te amo.

Al instante sintió cómo Stefan se tensaba.

–No digas eso –contestó.

–¿Aunque sea verdad?

–No lo es. Solo lo crees porque soy tu primer amante.

–Eso no es... –Selene cambió de idea. Se limitó a sonreír y cerró los ojos–. Durmamos.

Pero permaneció despierta mucho después de que

Stefan se durmiera, preguntándose si llegaría un día en el que él le diría aquellas mismas palabras.

Tras una deliciosa semana en el spa de Santorini, volvieron a Atenas y Stefan se sumergió en el trabajo mientras Selene se concentraba en poner en marcha su negocio.

La preocupación que mostraba por su seguridad, haciendo que Takis la acompañara en cada una de sus visitas a los hoteles de la cadena, y la forma en la que le hacía el amor, le indicaban que de una manera u otra, la quería. Pero esas palabras nunca salieron de su boca.

Dos semanas después de volver de Santorini, acudieron a un baile de beneficencia.

–Te he echado de menos –dijo, tomándolo del brazo al ir hacia el coche.

–Estoy muy ocupado.

–Ya lo sé. He estado preocupada por ti.

Stefan frunció el ceño.

–No quiero que te preocupes por mí.

–¿Por qué no? Me preocupo porque me importas, como yo a ti. Si no, no cuidarías de mi seguridad.

–Puesto que te puse en peligro, me corresponde asegurarme de tu protección –dijo él con la mirada al frente, impasible.

–¿Eso es todo? ¿Te sientes culpable? –a Selene le molestó que ni siquiera fuera capaz de admitir que le importaba–. Claro que te importo, Stefan. Lo sé.

–Ya hemos llegado –dijo él con frialdad, prácticamente saltando del coche.

Selene fue a decir algo, pero Stefan ya la esperaba en la alfombra roja, para ser fotografiados por los reporteros.

«Más fotografías», pensó ella con hastío. Más imágenes de una vida fingida. Otra velada en la que interpretar un papel ficticio; otra noche de mentiras y de sentimientos callados. Pero era una profesional, y como tal, sonrió y posó de la mano de Stefan, escuchó los discursos atentamente, y comió y bebió con moderación, tal y como había aprendido a hacer con su padre.

Sin embargo, durante todo el tiempo, actuaba como un autómata, como si estuviera anestesiada.

–¿Quieres bailar? –dijo Stefan, poniéndose en pie.

–Sí, claro –dijo ella automáticamente. Y fue hacia la pista de baile. Pero se paró en seco y dijo–: La verdad es que no.

–¿No? –dijo él, atrayéndola hacia sí. Pero Selene se quedó rígida.

–No puedo seguir con esto –dijo.

–Creía que te gustaba bailar, pero si no....

–No es eso. Me refiero a todo –Selene alzó la mirada hacia él–. Ya no puedo fingir. He mentido toda mi vida y se acabó. Soy quien soy y siento lo que siento. No voy a ocultarlo más.

Stefan la miró con cautela.

–¿Ocultar el qué?

–Lo que siento por ti –la forma en que Stefan la miró debía haberle hecho callar, pero Selene ya no estaba dispuesta a permanecer en silencio–. He andado de putillas junto a un hombre durante veintidós años para evitar despertar su ira, Stefan, y no pienso seguir así. Quiero poder expresar lo que siento sin temor a enfadar a la persona con la que estoy.

–¿Insinúas que temes que te haga daño? –dijo él con expresión sombría.

–Claro que no –dijo ella, sorprendida–. Pero no poder decirte lo que siento me está volviendo una desgraciada.

–¿Te sientes desgraciada?

–Sí –susurró ella–. Porque te amo y no quieres que te lo diga. Y tengo que morderme la lengua y reprimir lo que siento.

Stefan la miró en silencio mientras las parejas bailaban a su alrededor.

Y súbitamente, Selene se dio cuenta de que una vez más había vivido una fantasía. Por más que quisiera que Stefan acabara expresando sus sentimientos, no lo lograría. Y o se conformaba, o tomaba una decisión.

–No puedo seguir... –dijo en un hilo de voz–. No puedo estar con un hombre que teme sentir y que no quiere saber lo que yo siento –alejándose, balbuceó–: Espero que encuentres a alguien, te lo deseo con todo mi corazón.

Selene salió precipitadamente, abriéndose paso entre la gente hasta salir a un corredor... y darse de bruces con su padre.

–Hola, Selene.

Esta sintió que las piernas le flaqueaban. Podía oír la música a su espalda, y su padre se interponía entre ella y la salida.

–No sabía que estabas aquí –dijo Selene.

–¡Pero has seguido burlándote de mí!

–Te equivocas. Solo intento vivir mi vida.

–Te has presentado en público con ese hombre, que te está ayudando a montar tu patético negocio. ¿Qué crees que piensa la gente?

Siempre había sido así; la imagen pública, las apariencias. Eso era todo lo que le importaba a su padre.

–Si me está ayudado es porque cree en él, porque le ve potencial.

Su padre rio con sarcasmo y Selene se estremeció. Aquella era la actitud que había acabado con la autoestima de su madre.

Durante el último mes había olvidado lo que era sentirse humillada constantemente.

–Va a ayudarme porque he tenido una gran idea que va a proporcionarle beneficios –dijo con firmeza.

–Sigues siendo una ingenua. Solo quiere utilizarte contra mí.

–¿Por qué crees que todo gira en torno a ti? –replicó ella, airada.

Como siempre, su padre intentó aprovechar su vulnerabilidad, atacarla donde más podía dolerle.

–¿Te ha dicho alguna vez que te ama?

Selene pensó por un instante que había oído la conversación que acababan de mantener, pero se dijo que era imposible. ¿O habría estado tan concentrada en Stefan que no lo había visto?

–Lo que Stefan diga o deje de decir no es de tu incumbencia.

–Así que no te ha dicho que te ama, y quieres creer que algún día lo hará. Te está utilizando, y cuando consiga lo que quiere, te abandonará, como a todas las anteriores.

Selene no pensaba decirle que era ella quien acababa de terminar la relación.

–¿Cómo es posible que no te importe nada? –preguntó con la voz quebrada–. Se supone que deberías amarme y querer que sea feliz, y sin embargo solo te satisface mi desgracia.

–Si eres infeliz solo tú tienes la culpa –dijo él con

expresión pétrea–. Si no hubieras destrozado a tu familia, tu vida no se estaría haciendo añicos.

–¡Yo no he destrozado nuestra familia! ¡Lo has hecho tú!

–Siempre has sido una estúpida soñadora. Sabía que caerías en brazos del primer hombre que te prestara atención.

–¡Se acabó! –dijo una voz firme y severa. Selene se volvió y vio a Stefan, que miraba a su padre, furioso –. No vuelvas a hablarle así. Nunca.

–¿Y a ti qué más te da, Ziakas? Tú la has utilizado.

–No, tú la has usado para hacer creer a la gente que eras un buen padre. Yo, en cambio, la amo. Y no voy a dejar que hagas daño a alguien a quien amo.

Selene se quedó sin aliento.

Llevaba tanto tiempo deseando oír aquellas palabras que, aunque supiera que con ellas solo pretendía protegerla de su padre, la emocionaron.

Tras una prolongada pausa, su padre dejó escapar una sonora carcajada.

–Tú crees tan poco en el amor como yo.

–No se te ocurra compararnos –dijo Stefan con despectiva frialdad. Tomó la mano de Selene y la atrajo hacia sí–. Vayámonos. Aquí no se nos ha perdido nada.

Stefan la condujo hacia el jardín. Selene estaba pálida y se movía como una autómata, ausente, insensible. Stefan no se detuvo hasta que llegaron a un rincón apartado. Entonces vio las lágrimas en sus ojos. Su rostro reflejaba un dolor tan profundo que resultaba doloroso mirarla.

–No se merece que sufras por él –dijo, tomándole el rostro entre las manos, ansiando borrar las lágrimas de sus ojos–. Debería haberle dado una paliza por el mero hecho de acercarse a ti.

–Ha esperado a que estuviera sola.

–Porque es un cobarde –Stefan la estrechó en un fuerte abrazo–. No tenía ni idea de que estuviera en la fiesta. De otra manera no te habría dejado separarte de mí.

–Llevo protegiéndome a mí misma toda la vida.

–Lo sé. La idea de que crecieras junto a él me horroriza.

–Peor aún es que tú crecieras solo.

–No, fue más fácil. Bastó con que saliera adelante, mientras que tú tuviste que escapar primero. Cada vez que lo pienso, me enfurezco.

–No vale la pena hablar de ello –dijo ella, separándose de él a la vez que se secaba las lágrimas–. Siento haber llorado. Sé que lo odias.

–Así es, porque odio verte infeliz –dijo él. Y se dio cuenta de que haría cualquier cosa para evitar que Selene llorara.

–Gracias por los que has dicho antes, por ponerte de mi lado cuando ha dicho que solo estabas conmigo para vengarte de él.

Al recordar el desprecio con el que Antaxos la había dirigido a ella, Stefan sintió ira, pero apartó ese sentimiento para concentrarse en Selene.

–Mentía. Lo sabes, ¿verdad? Dime que no lo crees.

–Sé que lo que hemos vivido juntos era verdad.

El hecho de que hablara en pasado hizo que Stefan sintiera pánico.

–Es verdad –dijo vehementemente.

Pero Selene no le escuchaba.

–Ha dicho que mi negocio era patético.

–Tendrá que tragarse esas palabras cuando sea un éxito, *koukla mou*.

–Gracias por creer en mí. Eres la única persona que lo ha hecho.

–Pero tú crees en ti misma. Tienes un gran talento. Tu idea es magnífica y has trabajado más que nadie por sacarla adelante.

Selene mantenía una mano posada en su pecho, como si no pudiera llegar a separarse de él completamente.

–Pero no me habrías ayudado de no ser quien soy.

–No creas –dijo él, sonriendo–. Siento debilidad por las mujeres disfrazadas de monja.

Al ver que Selene no le devolvía la sonrisa, Stefan se angustió. Siempre era alegre y optimista y, sin embargo, en aquel momento, temblaba como un animal herido.

–Selene...

–Debería irme. No quiero que me saquen ninguna fotografía –finalmente sonrió, pero fue una sonrisa crispada–. ¿Ves? Estoy aprendiendo. No quiero que mi padre me vea llorar. Y estoy dispuesta a evitarlo el resto de mi vida –volvió a pasarse la mano por el rostro–. Gracias por haber acudido en mi defensa y por haberle dicho que nuestra relación te importaba.

–No mentía –Stefan lo había sabido en el instante en que se quedó solo en la pista–. Te amo.

–Lo sé –dijo ella sin el menor entusiasmo–. Lo sé, Stefan. Pero te asusta.

–Tienes razón –Stefan supo que en aquel momento solo le salvaría la sinceridad–. No quería que pasara. Hasta ahora lo había evitado eligiendo a mujeres de las que no podía enamorarme.

–También sé eso. Te conozco, Stefan –Selene retrocedió–. Tengo que irme.

–Deja que te lleve a casa. Luego volaremos a mi villa –Stefan vio que Selene titubeaba, pero finalmente, sacudió la cabeza.

–No. Te veré el lunes en la oficina.

–No me preocupan los negocios, sino nosotros –era la primera vez que Stefan usaba esa palabra–. Acabo de decirte que te amo.

–Pero no quieres, y yo no puedo estar con un hombre que reprime sus sentimientos hacia mí. Por mucho que comprenda tus razones, yo quiero más. Quiero a un hombre que esté dispuesto a arriesgarlo todo porque su amor es más importante que protegerse a sí mismo. Y quiero que valore mi amor y que me deje expresarlo.

–Selene...

–Por favor, no me sigas. Nos vemos el lunes –musitó ella. Y se fue precipitadamente, tan deprisa que estuvo a punto de tropezar.

A pesar del maquillaje, cuando Selene entró en el edificio Ziakas, estaba pálida y desmejorada.

La recepcionista la recibió sonriente.

–*Kalimera*, la están esperando en la sala de conferencias –anunció.

Pero cuando Selene entró, solo encontró a Stefan, que recorría la sala arriba y abajo como un tigre enjaulado.

–Temía que no vinieras –dijo, deteniéndose al verla entrar.

–¿Por qué? Hoy es un día muy importante. Teníamos la cita con el departamento de publicidad. ¿Dónde está todo el mundo? –dijo ella, mirando a su alrededor.

–Les he mandado a desayunar. Volverán en una hora. Necesitaba hablar contigo y que me escuches.

Selene sintió que se le encogía el corazón. No podía soportar la idea de volver a tener la misma conversación una vez más.

–De verdad que no....

–Tenías razón: te amo –la tensión se reflejaba en las facciones de Stefan–. Te amo desde el día que entraste en mi despacho disfrazada de monja. O quizá desde antes, desde que solo tenías diecisiete años. No lo sé.

Selene nunca le había visto tan vulnerable, tan inseguro.

–Stefan...

–Nunca había conocido a nadie tan espontáneo como tú. Y eso me fascinó y me asustó al mismo tiempo. Me hiciste darme cuenta de que el resto de los que me rodeaban... fingían.

–También yo.

–No. Yo creía saberlo todo sobre las mujeres, pero tú me hiciste ver hasta qué punto estaba equivocado. Aquella noche, cuando bebiste demasiado champán...

–Fuiste tan amable conmigo...

–No sabes cuánto me costó dominarme –gimió Stefan, pasándose las manos por el cabello–. Eras dulce y sexy, y tan increíblemente curiosa...

–¿Por qué increíblemente? Tú eras el hombre más fascinante que había conocido en mi vida y quería aprovechar la experiencia al máximo.

–Cuando descubrí por qué querías abandonar la isla me di cuenta de hasta qué punto había estado ciego. ¡Fui un estúpido!

–¿Por qué ibas a saberlo? Mi padre ha sido siempre muy convincente.

–Pero yo tenía más motivos que nadie para saberlo.

–Nada de eso importa ya.

–Te equivocas, porque ahora eres mía y no pienso dejarte ir –dijo Stefan con voz grave, cruzando la habitación y tomándole el rostro entre las manos–. Hasta que te conocí todo lo que sabía del amor era que podía ser doloroso, por eso lo evitaba y mantenía relaciones superficiales. Pero contigo no me bastó una sola vez.

–Y eso te asustó.

–Sí. Y tú lo sabías, porque sabías que te amaba.

–Lo deseaba más que a nada en el mundo, pero pensé que nunca lo admitirías.

–Pues ahora lo admito: te quiero.

Stefan besó a Selene con delicadeza, pero ella intentó mantener la cabeza en su sitio.

–Es demasiado complicado. Tú odias a mi padre y...

–No tiene nada de complicado. No voy a casarme con tu padre, y espero que no quieras invitarlo a la boda.

El corazón de Selene se aceleró.

–¿Eso es una proposición?

–Todavía no. Tengo algo para ti.

Stefan tomó una caja que había sobre la mesa y Selene arqueó las cejas al reconocer el empaquetado.

–Esa es una de mis velas.

–Se parece, pero la he creado yo para ti. Ya tenías Relajación, Energía y Seducción. Esta se llama Amor.

¿Amor? ¿Stefan quería casarse con ella?

Con manos temblorosas, Selene abrió la caja y descubrió un anillo de diamantes dentro de un porta velas.

–No sé si estoy más sorprendida por la joya o por la vela. ¿Quieres decir que puedo encenderla en el dormitorio?

–Quiero decir que puedes hacer conmigo lo que quieras en el dormitorio –dijo él, poniéndole el anillo en el dedo y besándola de nuevo–. Pero no me digas que es demasiado tarde, no me digas que te has dado por vencida.

–Nunca es demasiado tarde –dijo ella, mirando el diamante hipnotizada por lo que significaba.

–¿Cómo has logrado seguir siendo tan optimista con un padre como el tuyo?

–Porque sabía que no todos los hombres eran como él. Y más, después de conocerte. Sabía que había un mundo mejor y quería conocerlo. ¿Por qué repetir el pasado cuando el futuro puede ser maravilloso?

Stefan la besó.

–Eres una inspiración, *koukla mou*.

–No creas –dijo ella, sonriendo–. Solo quiero vivir mi vida, y eso me hace muy egoísta.

–Eso nos hace una pareja perfecta, porque yo solo quiero pensar en ti.

Selene sonrió, el rostro iluminado de felicidad.

–Has intentado evitarlo por todos los medios.

–Lo sé. Pero ya no tengo miedo. Casi me muero cuando me dijiste aquellas palabras.

–¿Qué palabras? –preguntó Selene con picardía.

–Me estás torturando, pero supongo que me lo merezco.

–No es por torturarte –Selene se colgó de su cuello–. Es que no sé a qué te refieres.

–Eres una provocadora –Stefan la besó apasionadamente y la sentó en la mesa.

–En cualquier momento van a entrar los demás –dijo ella, alarmada.

–Entonces tendrás que decirlas antes de que lleguen o tendrás que hacerlo delante de testigos.

–¿Qué palabras?

Stefan le tomó el rostro entre las manos.

–Las que usas para decirme lo que sientes por mí.

–¡Ah, esas palabras! –Selene adoraba tomarle el pelo–. Como no me dejabas decirlas, se me han olvidado.

–Selene...

–Te quiero –dijo, sintiéndose por primera vez libre. Ya no tenía que esconderse, ya no tenía que fingir–. Te amo y siempre te he amado.

Se besaron ciegamente, hasta que un aplauso los interrumpió. Al volverse, vieron a un grupo, encabezado por Maria, Takis y Kostas, al que seguía el resto del personal.

Selene se ruborizó violentamente a la vez que bajaba de la mesa, y Stefan masculló entre dientes.

–¿Qué tengo que hacer para que me dejéis un poco de privacidad?

–Hemos venido a daros la enhorabuena –Maria dejó dos botellas de champán sobre la mesa y abrazó a Selene–. Enhorabuena.

Stefan la miró perplejo.

–¿Acaso estabais escuchando detrás de la puerta?

–Sí –dijo Maria, impertérrita.

Takis dejó una bandeja con copas sobre la mesa y también abrazó a Selene.

–Gracias por haber cuidado de mí todo este tiempo –dijo Selene, emocionada.

–Os agradecería que dejarais de abrazar a mi futura esposa –dijo Stefan–, pero se ve que ya no tengo autoridad ni en mi propia oficina.

–Es una ocasión excepcional, jefe –dijo Takis, soltando a Selene–. Habíamos perdido la esperanza de que este día llegara.

Conmovida, Selene tomó la mano de Stefan.

–¡Abramos el champán! –exclamó.

Takis tomó la botella más próxima.

–Champán en una reunión a primera hora de la mañana... Así es la vida en las oficinas de Ziakas.

Stefan puso los ojos en blanco.

–Se ve que no sois conscientes de lo que le pasa a Selene cuando bebe champán.

–Me vuelvo encantadora. Y si corro algún riesgo, siempre tengo a Takis para defenderme.

–A partir de ahora, ese es mi trabajo a tiempo completo –dijo Stefan, besándola delante de todos–. Y si sigues decidida a beber champán, más vale que me vaya entrenando.

Selene le sonrió.

–Sabes bien que cuando bebo champán pasan cosas buenas.

–Así es –dijo él con ojos brillantes.

El corchó saltó con un ruido seco, y Takis le pasó una copa a Selene.

–Tenemos cuatro empresas de publicidad esperando en el vestíbulo para presentarnos sus proyectos. Van a pensar que somos muy poco profesionales –dijo ella.

–Que piensen lo que quieran –Stefan brindó con ella y la besó con dulzura–. Por una vez, voy a mezclar los negocios y el placer.